AZAMI
Le cœur en deux

Marc Cantin et Isabel

Nathan

1

Nayoko entre dans le parc en courant.

– Azami ! Azamiii ! appelle-t-elle.

Azami déteste se faire remarquer et elle aimerait que sa meilleure amie partage son désir de se montrer discrète.

– Azamiii ! hurle Nayoko.

Sa voix pourrait rivaliser avec une alarme d'incendie.

– Azamiii !

Azami se tasse un peu plus sur le banc où elle s'installe chaque midi, au milieu du parc Fugimoki. La plupart des élèves de son collège viennent y déjeuner au pied des cerisiers en fleur, et plusieurs d'entre eux se tournent déjà vers Nayoko. Elle ne s'en aperçoit même pas et continue de traverser ce lieu paisible en criant :

– Azamiii ! A… Aza !

À bout de souffle, Nayoko la rejoint enfin.

– Qu'est-ce qu'il te prend de hurler comme ça ? chuchote Azami. Tout le monde nous regarde !

Les collégiens sont en effet de plus en plus nombreux à multiplier les coups d'œil curieux en direction des deux filles.

– Oups ! lâche Nayoko.

Elle adresse un sourire forcé aux spectateurs, rajuste son chemisier blanc et tire sur sa jupe plissée bleu marine, avant de s'asseoir à côté de son amie.

– Je suis désolée, s'excuse-t-elle. C'est à cause de Kino.

– Kino ? répète Azami en sentant ses joues s'enflammer.

– Il est venu me trouver à la fin des cours.

– C'est pour ça que tu es en retard ?

– Oui. Il voulait me parler… de toi.

Le cœur d'Azami s'emballe. Si Kino a parlé d'elle à Nayoko, c'est qu'il voulait lui confier quelque chose qu'il n'osait pas lui dire directement. C'est donc super important !

– Mais qu'est-ce qu'il t'a dit ? ne peut s'empêcher de s'écrier Azami.

Les regards convergent de nouveau vers elles.

– Moins fort, Aza ! lui lance Nayoko d'un air sévère. Tu veux que tout le monde nous remarque ?

Puis elle éclate de rire, très fière de sa plaisanterie.

– Commençons à manger, propose Azami. Les autres s'intéresseront moins à nous.

Elle sort de son sac une paire de baguettes et son bentō. Dès qu'elle ouvre le couvercle de sa boîte à repas, une bonne odeur de citronnelle s'en échappe. D'habitude, Azami n'y résiste pas. Mais, pour l'instant, son estomac reste noué tant elle est impatiente de connaître le message que son amie est chargée de lui transmettre.

– Alors ?

– A'ors 'oi ? demande Nayoko en croquant dans un rouleau de printemps.

– Arrête de me faire marcher ! Qu'est-ce qu'il t'a dit ?

Nayoko affiche un air malicieux.

– Oh ! Rien d'important, assure-t-elle. Il voulait juste savoir si tu accepterais d'aller au cinéma avec lui demain.

Azami sert trop fort ses baguettes. La boulette de viande qu'elle venait d'attraper s'échappe et tombe à ses pieds.

– Ouah ! Cette invitation ne te laisse pas indifférente ! se moque sa meilleure amie.

Azami ne répond pas et se dépêche de ramasser sa viande. Obâsan, sa grand-mère, lui a appris à ne jamais gâcher la nourriture. Hélas, les principes de la vieille femme ne s'arrêtent pas là. Elle est également très stricte en ce qui concerne les garçons.

– Obâsan ne sera jamais d'accord, soupire Azami.

– Mais ce sera le premier jour des vacances, objecte Nayoko.

– Obâsan pense qu'une fille sérieuse ne

s'intéresse pas aux garçons avant l'âge de vingt ans, rappelle Azami. Je vais devoir encore patienter six années !

– Tu n'es peut-être pas obligée de le lui dire, suggère Nayoko.

Azami se raidit. Mentir à Obâsan ! Elle en serait incapable.

– Ma grand-mère m'élève depuis que j'ai deux ans. Elle m'a donné tellement d'affection et d'amour que…

– Ma mère aussi s'occupe de moi, et depuis ma naissance, signale Nayoko. Ça ne m'empêche pas de lui mentir de temps en temps.

Azami hausse les épaules. Évidemment, sa meilleure amie n'a pas tort. Un petit mensonge, ce n'est pas la fin du monde. Et ce serait surtout dommage de refuser cette invitation. Kino est si gentil et tellement mignon avec son visage rieur et ses longs cheveux bruns. Il ressemble à un ange. De plus, c'est un bon élève, un garçon sérieux… qui n'a qu'un seul défaut : son âge.

Il a quinze ans, et Azami quatorze depuis peu.

Si Obâsan savait ça ! Comme beaucoup de Japonais, elle pense qu'une fille doit avoir deux ans de plus que son amoureux pour le rendre heureux. Mais Azami ne va quand même pas sortir avec un garçon de douze ans pour respecter ce genre de croyance !

– Alors ? Qu'est-ce que je dis à Kino ? insiste Nayoko. Je t'assure qu'il semblait drôlement impatient de connaître ta réponse.

Azami rattrape de justesse la boulette qui menaçait de retomber. Elle la croque et la mâche avec application afin de prendre le temps de réfléchir à sa réponse.

Puis elle se décide enfin :

– Dis-lui la vérité.

– Que tu es amoureuse de lui ! s'exclame Nayoko.

Cette fois, Azami manque de s'étrangler.

– T… t'es folle ! En plus, ce n'est pas vrai !

– Même pas un peu ?

– J'aimerais mieux le connaître. C'est tout. Dis-lui simplement que je dois demander l'autorisation à ma grand-mère. C'est ça, la vérité. Et tu n'inventes rien d'autre. Compris ?

– D'accord, Aza, cède Nayoko en levant les yeux au ciel.

M. Doï Okihiro
1-13-7 Mita-Shibuya
Tokyo

Mme Doï
Mont Kaïdo
Khizana

Tokyo, le 6 avril

Très chère mère,

J'espère que votre santé est bonne et que le froid de l'hiver n'a pas été trop difficile à supporter. Le printemps vous apporte les premières chaleurs et la joie de voir refleurir votre si beau jardin. Je m'en réjouis pour vous et je prie pour que votre vie soit douce.

Je prie aussi chaque jour pour qu'Azami se montre

obéissante et qu'elle apprécie à sa juste valeur tout ce que vous faites pour elle. Je ne doute pas un instant que vous l'éduquiez parfaitement, mais une adolescente peut parfois causer bien des soucis. Je ne vous remercierai jamais assez d'avoir accepté de l'accueillir dans votre maison. Sans votre aide, j'aurais été incapable de me dévouer à mon travail et de servir, comme il se doit, l'honorable société Musibuti qui m'emploie.

Mon directeur a d'ailleurs décidé de me témoigner une très grande marque de confiance. Notre compagnie est associée depuis de nombreuses années à l'entreprise française IB Informatique, et j'ai été désigné pour me rendre à Paris durant dix jours afin de finaliser de nouveaux accords commerciaux. C'est un honneur pour moi, notre famille et nos ancêtres, de représenter la société Musibuti hors de nos frontières.

J'espère que vous partagerez ma fierté.

Pendant mon séjour en France, je serai accueilli par Kano Mishima, mon inestimable ami d'enfance, qui travaille pour notre partenaire français. Vous vous souvenez certainement de lui. Il vit à Paris depuis plus de vingt ans. Il s'est marié avec une Française et ils ont deux enfants, dont une jeune adolescente qui a le même âge qu'Azami.

Ce voyage se déroulera durant les vacances scolaires, aussi, si vous n'y voyez pas d'inconvénient, je serais heureux de proposer à Azami de m'accompagner. Ce séjour serait l'occasion pour elle de découvrir une autre culture et bien sûr de perfectionner son français.

Je vous laisse le soin de lui annoncer cette nouvelle qui, je l'espère, la réjouira.

Que le ciel et la terre vous apportent bonheur et sérénité.

Respectueusement,

Votre fils dévoué, Okihiro.

2

Nayoko grimpe dans le bus juste avant qu'il ne démarre. Elle se dépêche de rejoindre Azami qui lui a gardé une place à côté d'elle sur le siège du fond. Nayoko avance en affichant un large sourire, suffisamment large pour qu'un frisson parcoure le dos d'Azami : qu'a-t-elle dit à Kino ? S'en est-elle tenue à ce qui était convenu ou n'en a-t-elle encore fait qu'à sa tête ?

Sa meilleure amie remonte l'allée en titubant, au gré des accélérations et des coups de frein du bus. Elle s'excuse, explose de rire, s'étale sur deux garçons qui rougissent jusqu'aux oreilles et arrive enfin jusqu'à Azami.

En croisant son regard, Nayoko devine la pensée de son amie.

– Je te jure, se défend-elle aussitôt. Je n'ai rien dit de plus que ce que l'on avait prévu !

Même si un doute persiste, Azami se sent un peu soulagée.

– Comment a-t-il réagi ?

– Ben… c'est un peu compliqué.

– Nayoko ! Qu'est-ce que tu as encore inventé ?

– Rien, mais quand je lui ai expliqué que tu comptais demander la permission de ta grand-mère, il s'est emballé.

– Emballé ?

– Oui. Il en a déduit que tu mourais d'envie d'aller au cinéma avec lui et que, sans ta grand-mère, tu aurais déjà accepté.

– Hein ? Et toi, qu'as-tu ajouté ? Parce que tu as forcément ajouté quelque chose !

– Non… enfin, j'ai juste dit que c'était vrai.

– C'est tout ?

– Euh…

– Nayoko !

– Je crois aussi avoir dit que tu rêvais depuis

longtemps de sortir avec lui et que tu désespérais qu'il t'invite un jour.

Azami baisse la tête. Pourquoi sa meilleure amie ne sait-elle pas tenir sa langue ? Pourquoi n'est-elle pas muette ? Comme ça, au moins, elle pourrait lui confier ses secrets, après avoir pris soin de lui attacher les mains pour qu'elle ne les écrive pas sur un panneau géant !

– D'accord, je n'aurais pas dû, concède Nayoko. Mais si tu avais vu sa tête ! Il était super heureux. Je t'assure, ce garçon est fou amoureux de toi !

– Chuuut !

– Pardon, s'excuse Nayoko en baissant la voix.

La moitié des passagers se sont retournés vers l'arrière du bus. Azami aimerait s'enfoncer dans son siège et disparaître.

– Je suis vraiment incorrigible, admet Nayoko en se serrant contre elle. Tu me pardonnes ? Promis, la prochaine fois, je tiendrai ma langue.

Azami connaît Nayoko depuis la maternelle

et elle sait qu'elle n'en fera rien. Mais elle n'arrive pas à lui en vouloir. Malgré ses défauts, c'est la fille la plus gentille du monde. Sans elle, Azami n'est pas certaine qu'elle serait parvenue à surmonter l'absence de sa mère. Ni celle de son père. Grâce à sa bonne humeur (et à ses gaffes !), Nayoko a réussi à chasser son chagrin. Pour Azami, elle est une des personnes les plus importantes de sa vie, avec son père et sa grand-mère. Elle sait qu'en toutes circonstances elle pourra compter sur sa meilleure amie. Et justement, maintenant, elle a besoin de son aide.

– Comment vais-je en parler à Obâsan ? Tu n'aurais pas une idée ?

Les yeux de Nayoko s'illuminent.

– C'est simple ! affirme-t-elle. Tu dois choisir le bon moment.

– Tu pourrais être plus précise ?

– Aza, il faut vraiment tout t'expliquer ! Tu as eu une bonne note aujourd'hui ?

– Quoi ? Tu penses que je vais amadouer ma

grand-mère avec ça ! Tu rêves ! Je l'entends déjà : « Une bonne note ? C'est très bien, ma petite-fille. C'est le fruit de ton travail… Mais si je te laisse sortir avec un garçon, ton esprit ne se concentrera plus sur tes études et tes résultats baisseront. C'est écrit ! Alors pas de cinéma. »

– Elle dira ça ?

– J'en suis certaine.

– Elle est plus coriace que ma mère, songe Nayoko à mi-voix.

Elle se gratte la tête pour trouver une autre idée.

– Et si tu désherbais son potager ? reprend-elle.

– Tu es sérieuse ?

– Mais oui ! Si tu nettoies ses plates-bandes, Obâsan t'en sera très reconnaissante. Elle adore son jardin.

Sur ce point, Nayoko a raison. La grand-mère d'Azami cultive elle-même tous les fruits et légumes dont sa petite-fille et elle ont besoin.

– Ensuite, poursuit Nayoko, tu lui expliques que tu dois te détendre un peu, et tu lui proposes de te laisser aller au cinéma avec Kino.

– Et elle me répondra : « Prends plutôt un bon bain à la maison. Pour que ton corps retrouve sa force, rien de tel que notre *onsen*. Cette source d'eau chaude possède toutes les vertus curatives nécessaires. Et puis, si je te permets de sortir avec un garçon, tu ne penseras plus à moi, tu ne m'aideras plus jamais à jardiner, et je devrai me débrouiller seule comme une vieille femme abandonnée. »

– Oh ! Elle essaierait de t'attendrir !

– Elle est plus maligne que nous, je t'assure. Elle a réponse à tout.

Nayoko croise les bras, pousse un long soupir et, durant le reste du trajet, demeure silencieuse. Quand le bus s'arrête enfin sur la place de Khizana, elle descend, toujours sans un mot. Elle semble avoir perdu sa langue et Azami tente de la réconforter.

– Ne t'inquiète pas, je vais me débrouiller.

– J'aurais tellement aimé te donner un conseil valable.

– Tu m'aides déjà beaucoup, Nayoko.

Les deux amies échangent un sourire puis Azami s'éloigne en direction de la maison de sa grand-mère, vers le mont Kaïdo qui domine le village.

– Bonne chance, Aza, lui lance Nayoko. À demain pour notre premier jour de vacances !

Azami la remercie d'un signe de la main avant de s'engager dans un petit chemin escarpé.

« Dans la vie, il y a des moments où on ne peut compter que sur soi », songe-t-elle.

3

Azami gravit le chemin qui rejoint la maison d'Obâsan. Il s'élève au-dessus du village, puis il disparaît dans la forêt de bambous qui recouvre une partie du mont Kaïdo. Avant de s'y engager, Azami se retourne pour admirer ce paysage qu'elle connaît pourtant par cœur. De son observatoire, elle a une vue plongeante sur les toits en tuiles et les ruelles étroites qui serpentent entre les maisons et, autour du village, sur les rizières verdoyantes que le vent caresse comme une main invisible. Encore plus loin, elle distingue la côte et la multitude d'îlots découpés par la mer. Elle aperçoit même deux ou trois bateaux de pêcheurs qui rentrent au port.

Azami adore son pays et elle est heureuse de

vivre ici. Si elle pouvait aller au cinéma avec Kino demain, tout serait parfait !

Elle reprend sa route et pénètre dans la forêt de bambous, bientôt remplacés par des cèdres géants dont les énormes racines traversent le chemin. Selon Obâsan, elles sont là pour obliger les humains à lever les pieds, et leur rappeler qu'ils sont seulement tolérés en ces lieux et qu'ils doivent le respect à ceux qui y vivent depuis la nuit des temps. Cette forêt regorge de croyances et peu de gens osent s'y aventurer après le coucher du soleil, à l'heure où les esprits aiment s'y promener. Pourtant certains ne sont que des farceurs, comme Amikiri-le-coupeur, un *yôkaï* qui s'amuse à pratiquer de petites incisions dans les vêtements. Si quelqu'un sort du bois avec son pantalon ou sa veste abîmés, c'est qu'il l'a rencontré. Mais c'est vrai que d'autres sont moins sympathiques. Azami ne souhaite à personne de croiser Waraionago, la Femme-qui-rit. Elle apparaît devant les hommes infidèles et les attrape grâce à ses longs cheveux ébouriffés munis de crochets ! Quand elle les relâche, ils sont si terrifiés qu'ils ne reproduisent jamais leur erreur.

La grand-mère d'Azami connaît parfaitement tous ces êtres étranges qui hantent la forêt. Elle sait comment agir avec chacun et affirme qu'ils ne causent pas d'ennuis à ceux qui n'ont rien à se reprocher.

Azami s'arrête à un croisement. Elle aperçoit justement sa grand-mère devant le temple qui borde le chemin. Sa silhouette tachetée par l'ombre des feuilles ferait aisément croire à l'apparition d'un esprit de la forêt. Sans se retourner, elle fait signe à sa petite-fille d'approcher. Quand Azami était enfant, elle pensait qu'Obâsan avait des yeux derrière la tête, cachés sous ses cheveux. Aujourd'hui, elle est trop grande pour le croire, mais elle ne comprend toujours pas comment sa grand-mère réussit à deviner ce qu'il se joue dans son dos !

Azami s'avance jusqu'à une fontaine, se purifie les mains, l'une après l'autre, et passe sous le *torii* qui marque l'entrée de ce temple naturel. Une fois franchie cette arche rouge, elle rejoint sa grand-mère près d'un rocher entouré d'une cordelette sacrée. Un prêtre shintoïste est venu lui-même la poser pour proclamer formellement qu'un *kami* habite cette pierre. À présent, il convient d'honorer ce dieu régulièrement afin de ne pas l'offenser.

Obâsan demeure immobile, les yeux mi-clos, face au rocher. Puis elle frappe deux fois dans ses mains pour marquer la fin de sa prière. Azami répète la sienne une seconde fois en silence : « Faites que ma grand-mère accepte que j'aille au cinéma avec Kino. »

Elle frappe à son tour dans ses mains.

– Comment s'est passée ta journée ? lui demande Obâsan avec un sourire bienveillant.

– Très bien, répond Azami en la prenant par le bras.

Elle mesure une tête de plus que sa grand-mère et adore la sentir s'appuyer un peu sur elle lorsqu'elles marchent côte à côte. C'est sa façon de témoigner sa reconnaissance à Obâsan qui l'a tant soutenue depuis la mort de sa mère.

– Et toi, ta journée a été bonne ?

– Oui, répond la vieille femme. Madame Chong est venue me remercier d'avoir soigné son bébé et me demander un remède pour son mari qui est souffrant. Elle n'a pas de chance. Il y a toujours quelqu'un de malade dans sa maison.

– Tu lui as donné des plantes ?

– Bien sûr. Mais je n'ai plus de feuilles de kaki. Il faudrait que tu ailles m'en chercher.

– Je m'en occuperai demain matin, grand-mère.

– J'espère que tu en auras le temps, marmonne Obâsan.

– Ne t'inquiète pas, la rassure Azami. Tu n'as pas oublié que je suis en vacances ?

Elle hésite un instant à lui parler de son rendez-vous avec Kino, mais la maison est déjà en vue. Son haut toit de chaume se dresse vers le ciel, si incliné que la neige ne peut s'y accumuler en hiver. Azami a grandi ici et cette demeure renferme tous ses souvenirs. C'est sa maison, une bâtisse traditionnelle en bois sombre, entourée par l'*engawa*, une passerelle extérieure sur laquelle Azami ne se lassait jamais de courir quand elle était petite. Elle adorait entendre ses pas résonner sur les lattes de bois et goûtait au bonheur d'être dehors tout en restant encore sous la protection de la maison.

Obâsan fait coulisser la porte. Azami et sa grand-mère laissent leurs chaussures dans l'entrée, sur le sol en pierre, avant de monter sur le plancher rehaussé recouvert de tatamis. Elles s'approchent du foyer encastré dans le plancher. Quelques braises rougeoient sous la théière suspendue en permanence au-dessus de l'âtre. Elle attend comme une amie fidèle.

Azami s'assoit en tailleur. Obâsan s'agenouille et pose ses fesses sur ses talons. Puis elle prépare le thé de ses vieilles mains habiles.

Obâsan. Ici, tout le monde l'appelle « grand-mère », comme si elle représentait à elle seule toutes les grands-mères de la région. Mais elle reste avant tout celle d'Azami !

Cette dernière observe les gestes précis et mille fois répétés de la vieille femme. Dans cette maison, Obâsan a seulement concédé quelques aménagements modernes, l'électricité et un chauffage dans la chambre de sa petite-fille. Sinon, la salle de bains est depuis toujours alimentée par une source d'eau chaude et Azami prend chaque soir un bain dans cet *onsen* naturel.

Pour la cuisine, en revanche, pas d'eau courante. Il faut aller la chercher au puits.

Obâsan possède sûrement la dernière demeure traditionnelle de la région. Un représentant du ministère est d'ailleurs venu un jour lui proposer de l'acheter, à un bon prix, pour la démonter et la reconstruire pièce par pièce dans le musée en plein air de Hida, où sont regroupées de nombreuses habitations d'anciennes provinces.

– Et moi ? lui a demandé Obâsan. Vous allez

me démonter aussi et m'emmener dans votre musée ?

– M… mais avec l'argent, a bafouillé le fonctionnaire, vous pourrez vous offrir une bonne place dans un *rôjin hômu*. Vous savez, ils bâtissent de plus en plus de maisons de retraite à Tokyo. Et elles sont très confortables.

– Vous mettez ma maison dans un cimetière et, moi, vous me jetez dans la tombe. C'est pour ça qu'on vous paie au ministère ?

– Non ! Vous n'avez pas compris. Je…

– En plus, vous prétendez que je suis gâteuse ! l'a coupé Obâsan.

Si les Japonais expriment rarement leurs pensées profondes, afin d'éviter tout conflit, la grand-mère d'Azami fait exception à cette règle. Elle estime que la franchise est un privilège de la vieillesse. Le représentant du ministère ne savait donc plus où se mettre. Il devait le respect à Obâsan, en raison de son âge, et comme n'importe quel Japonais bien élevé, il était prêt à tout pour ne pas se disputer avec elle, y compris à s'excuser alors qu'il n'était pas directement responsable de la situation.

Obâsan s'est encore amusée à le tourmenter et il a fini par s'en aller en se confondant en excuses.

Dès qu'il est parti, Azami et sa grand-mère ont éclaté de rire.

Oui, cette maison regorge de bons souvenirs.

4

Azami sent son portable vibrer dans sa poche. Pendant que sa grand-mère pile avec soin les feuilles de thé vert, elle regarde discrètement son écran. C'est un message de son père :

« Obâ t'a annoncé la nouvelle ? »

Une nouvelle ? Quelle nouvelle ? Azami ne sait qu'une chose : son père attend que sa grand-mère la lui annonce la première. Ensuite, il pourra en parler à son tour.

Seulement, Obâsan ne dira rien avant d'avoir achevé la cérémonie du thé.

Azami range son portable pendant que sa grand-mère ajoute l'eau chaude sur la poudre extraite des feuilles. Puis, avec son fouet en bambou, elle bat délicatement le mélange pour obtenir un thé léger et mousseux. Ces gestes, qu'Azami apprécie tant, lui paraissent soudain désespérément lents ! Elle tente de se calmer en se répétant un proverbe que lui a appris Obâsan : « Ne pas perdre patience, même si cela semble impossible, c'est déjà faire preuve de patience. »

Mais au bout de cinq minutes, n'y tenant plus, Azami s'empare de la théière.

– C'est prêt ! Je sers !

– Tu sembles pressée, remarque Obâsan.

– Euh… non… je veux juste t'aider un peu !

Obâsan souffle sur son thé. Elle en boit une gorgée et, après un claquement de langue satisfait, repose sa tasse.

– J'ai reçu une lettre de ton père, dit-elle enfin.

– Oh ! s'exclame Azami en feignant la surprise. Les nouvelles sont bonnes ?

Les yeux de sa grand-mère rétrécissent et se transforment en deux lignes fines. D'une voix sombre, elle annonce à sa petite-fille que son père a l'intention de l'emmener en France pour dix jours.

– Il prétend que ça te sortirait un peu de ta

campagne, continue Obâsan avec dédain. Et que tu pourrais perfectionner ton français. Pfff ! Est-ce que je parle français, moi ?

En France ! Azami n'en croit pas ses oreilles ! Son choix est déjà fait. Elle veut accompagner son père. Mais il n'est pas question de l'apprendre brutalement à sa grand-mère. Elle ne tient pas à la blesser.

– Papa m'offre des leçons de français depuis longtemps. Cette année, j'ai même eu droit à des cours supplémentaires de perfectionnement. Je l'offenserais en refusant cette occasion de m'améliorer.

Obâsan hausse les épaules.

– Oui… bien sûr, marmonne-t-elle.

– Et puis, mon père serait heureux que je voyage avec lui. Il est seul depuis la mort de maman, et il travaille tout le temps.

– S'il m'avait écoutée… commence Obâsan sans terminer sa phrase.

Elle en veut toujours à son fils. S'il lui avait fait confiance, Azami aurait encore sa mère.

Mais Obâsan préfère se taire pour ne pas faire de peine à sa petite-fille. Malgré tout, Azami devine sans mal ses pensées et elle espère qu'un jour elle pardonnera à son père.

En attendant, elle sait aussi que sa grand-mère craint de la perdre dès qu'elle s'éloigne. Elle doit absolument la rassurer.

– Obâsan, murmure Azami, je ne serai partie que dix jours. Ce sera vite passé.

– Dix jours, soupire la vieille femme en laissant retomber ses épaules.

Le silence noie la maison sous une vague de tristesse. Même les braises semblent s'éteindre. Azami se lève d'un bond et court jusqu'à sa chambre. Elle en ressort en brandissant l'ordinateur portable que son père lui a offert pour Noël avec une connexion Internet.

– Je vais t'apprendre à t'en servir !

Obâsan ouvre de grands yeux ronds et pousse un long « oooh ! » d'une voix exagérément grave, comme à chaque fois qu'elle manifeste sa surprise ou sa joie.

– Tu verras, c'est simple, lui promet Azami. On s'enverra autant de messages qu'on veut.

– Oooh ! s'exclame à nouveau Obâsan. Mais comment s'appelle le kami qui vit à l'intérieur de ta machine ?

– Je te l'ai déjà dit, grand-mère, il n'y a aucun dieu. C'est juste un ordinateur.

– Ça m'étonnerait. En tout cas, tu vas devoir m'enseigner cette science très vite.

– Très vite ?

– Tu prends le train pour Tokyo demain matin. Ton père t'attendra à la gare. Votre avion pour la France décolle en fin de journée.

– Si tôt !

– Tu ne veux plus partir ? se réjouit Obâsan.

– Non, ce n'est pas ça. Je suis juste un peu surprise… mais c'est super !

Une petite voix résonne dans sa tête : « Ça règle définitivement le problème de ma sortie au cinéma avec Kino. Le destin a choisi pour moi. »

– Bon, reprend Azami, nous avons donc la

soirée pour que tu apprennes à utiliser cet ordinateur.

– Alors, je vais refaire du thé, déclare sa grand-mère en jetant un regard méfiant en direction du portable.

5

Azami a passé plus de deux heures à expliquer les rudiments de la communication par Internet à sa grand-mère. Si cette dernière ne récitait pas une prière chaque fois qu'elle envoie un mail, les choses avanceraient certainement plus vite. Seulement, Azami a abandonné l'idée de convaincre Obâsan qu'aucune divinité ne se cache dans les circuits imprimés de l'ordinateur.

– Faisons une pause, annonce-t-elle. Je vais en profiter pour préparer mes affaires.

– Tu as raison, approuve Obâsan. J'ai besoin de me reposer un peu !

Azami retourne dans sa chambre et se dépêche de faire coulisser la cloison de papier de riz derrière elle. Puis elle sort son téléphone.

– Papa, c'est moi, chuchote-t-elle.

– Alors ? On part ensemble ?

Le ton de sa voix ne laisse aucun doute : il attendait l'appel de sa fille avec impatience.

– Bien sûr, papa ! répond vivement Azami.

– Et ta grand-mère ? Elle n'a pas fait d'histoires ?

– Non, elle est d'accord. Elle m'emmène à la gare demain matin.

– Génial !

Azami n'a jamais connu son père si enthousiaste. Elle est sûre qu'ils vont passer des vacances formidables. Elle s'imagine déjà avec lui dans les rues de Paris, à la terrasse des cafés, dans les musées, les parcs, les…

– Tu sais, signale-t-il, je me rends à Paris pour mon travail. Je n'aurai pas beaucoup de temps à te consacrer.

Une partie du rêve d'Azami s'effondre et sa déception n'échappe pas à son père. Il lui explique alors qu'ils seront hébergés chez son ami d'enfance, Kano Mishima, avec lequel il travaillera en France et, pour consoler Azami, il ajoute :

– Sa fille, Myo, a le même âge que toi. Je suis certain que vous vous entendrez très bien. Elle a enregistré une petite vidéo pour toi et elle vient de l'envoyer sur mon portable. Je te la transfère tout de suite. Je t'embrasse, Azami.

– Moi aussi, papa.

Elle raccroche, le cœur serré, et retourne près d'Obâsan. Ce voyage la rend heureuse, mais il l'effraie aussi. Elle craint d'être ridicule aux yeux des Français, de ne pas comprendre exactement ce qu'ils lui diront ou de s'exprimer de façon maladroite et de choquer les gens. Son angoisse n'échappe pas à sa grand-mère qui l'observe d'un air soupçonneux… quand un joyeux « pouêt » avertit Azami qu'elle vient de recevoir un message.

« Zut ! pense-t-elle. J'aurais dû éteindre mon portable. »

– Oooh ! s'exclame Obâsan en ouvrant des yeux ronds et curieux.

– Euh… c'est papa. Il vient de m'envoyer un message vidéo de Myo, la fille de son ami qui vit en France.

– C'est une intention très délicate, souligne Obâsan. Tu ne le regardes pas ?

– Ben… je dois encore t'expliquer pas mal de choses à propos de mon ordinateur et…

– Nous avons le temps. Je suis sûre que tu es impatiente de voir à quoi ressemble cette jeune fille et je m'en voudrais de te faire attendre.

« Grrr ! Elle est très forte », songe Azami en s'inclinant respectueusement devant sa grand-mère.

Elle n'a plus d'autre choix que de lui proposer de visionner le message avec elle. Elle s'assoit à côté d'Obâsan et lance la vidéo. Myo apparaît sur l'écran : elle a les cheveux courts, ébouriffés… et verts ! Ses lèvres aussi sont vertes, et ses longs cils qui papillonnent joyeusement font ressortir ses yeux cerclés d'un épais trait noir. Elle porte trois boucles à chaque oreille, un piercing au sourcil droit et un autre sur la langue qu'elle s'amuse à faire apparaître entre ses dents.

« Salut, Azami ! Moi, c'est Myo, lance-t-elle d'une voix qui résonne comme le tintement d'une clochette. Je suis trop super contente de t'accueillir chez moi. Paris, c'est génial ! Je vais te faire visiter la ville et je te présenterai mon petit copain… Regarde : il est trooop mignon ! Promis, on va s'éclater ! Yééé ! »

Elle agite la photo d'un garçon devant l'écran et termine son message en adressant un baiser à Azami de sa main gantée d'une mitaine en résille verte.

Azami éteint son portable et le range dans sa poche en évitant de croiser le regard d'Obâsan.

– C'est joli tout ce vert, note celle-ci. Ça me rappelle mon jardin.

Azami ne se réjouit pas trop vite de cette attitude modérée. Elle doute que sa grand-mère en reste là.

– Et le garçon sur la photo, reprend Obâsan, qui est-ce ?

– Euh… je n'ai pas trop bien compris. Son frère, je crois.

– Son frère… bien sûr.

– Enfin, je n'en suis pas certaine.

– Ça n'a pas d'importance, assure Obâsan. Ne perdons pas de temps avec ces détails. Je voudrais envoyer un mail à ton père pour lui dire que nous serons à la gare demain matin.

– C… c'est une très bonne idée, bafouille Azami.

Elle s'attendait à une réaction plus vive de la part de sa grand-mère. La tenue de Myo le justifiait. Même Azami a été surprise et ce message l'a confortée dans ses inquiétudes. « Quand Myo me verra, songe-t-elle, elle me trouvera ridicule et mal habillée. À côté d'elle, j'aurai l'air d'une cruche ! Quand je pense qu'elle a déjà un petit ami et qu'elle brandit sa photo, comme ça, à la vue de tous ! C'est vrai qu'il est super mignon, mais ce n'est pas une raison. »

Azami sent une boule se former dans son

ventre. Elle a très envie de découvrir Paris, mais elle a aussi une frousse terrible !

– Alors ? s'impatiente Obâsan. Tu es déjà partie loin de moi ?

– Euh… non. Excuse-moi, grand-mère.

Et Azami reprend aussitôt son cours d'informatique.

Objet : Départ Azami
De : obasan@yahoo.co.jp
Date : 8 avril 21:17
À : okihirodoi@yahoo.co.jp

Mon fils,

Azami m'a appris à utiliser cette machine et le kami qui s'y trouve enfermé transportera mon message jusqu'à toi si telle est sa volonté.

N'oublie pas de le remercier s'il nous rend ce service.

Demande-lui aussi de veiller sur moi car je vais devoir rester seule à Khizana. Je tiens à te prévenir que Myo m'a fait mauvaise impression. Elle a une drôle d'allure pour une jeune fille. J'espère qu'elle n'aura pas une influence néfaste sur Azami. Il faudra que tu les surveilles de près. Mais je ne me fais guère d'illusions, je sais très bien que tu n'écouteras pas mes conseils. Tu ne les écoutes jamais. Tu as toujours été têtu et obstiné. C'est peut-être une qualité dans ton travail, mais dans la vie j'en suis moins sûre. Souviens-toi que si tu m'avais fait confiance, ta fille aurait encore sa mère.

À présent, tu m'enlèves Azami pour l'emmener en France. À quoi cela va-t-il te servir ? Comme d'habitude, tu n'auras pas de temps à lui consacrer.

Quelle tristesse...

Hélas, Azami veut t'accompagner. Je respecterai donc son choix et je la conduirai demain matin au train.

Obâsan

P.S. : Je devine que tu as une idée derrière la tête. N'espère pas me cacher longtemps la vérité.

6

Allongée sur son futon, Azami éteint son téléphone. Après avoir envoyé un SMS à Myo pour la remercier de son message, elle a appelé Nayoko. Il lui a fallu vingt minutes pour la convaincre qu'elle ne plaisantait pas et qu'elle s'envolait bien demain soir pour la France. Et quand sa meilleure amie l'a prise au sérieux, Azami a dû la consoler. Elle a cru que son forfait y passerait.

– O… on avait prévu de se voir tous les jours pendant les vacances, a sangloté Nayoko. On devait se promener, aller se baigner… on n'a jamais le temps de s'amuser toutes les deux. Les journées filent si vite au collège. Snif !

Pour la consoler, Azami a juré de lui rapporter un magnifique souvenir de Paris. Nayoko a aussitôt retrouvé sa bonne humeur et elle s'est mise à crier de joie dans le téléphone. Azami en a encore l'oreille qui bourdonne mais cela ne l'a pas empêchée d'entendre son amie promettre de tout expliquer à Kino, juste avant de raccrocher.

Azami craint le pire !

Obâsan frappe alors à la porte de sa chambre.

– J'ai envoyé un e-mail à ton père, annonce-t-elle fièrement en entrant. Et il m'a répondu.

– Bravo. Je savais que tu réussirais.

– Mais comment me répondras-tu quand tu seras en France si ton ordinateur est ici ?

– J'utiliserai celui de Myo ou celui de papa pour me connecter à ma messagerie.

Obâsan fronce des sourcils.

– J'espère que leurs kamis accepteront de transmettre tes messages.

– Ne t'inquiète pas, grand-mère, tout se passera bien.

Azami devine que sa grand-mère n'est pas rassurée de l'imaginer en compagnie de Myo ou de son père. Aussi n'est-elle pas vraiment étonnée quand Obâsan brandit sous son nez une amulette de sa fabrication. Avant chaque examen, Azami a droit à son *omamori*. Mais, cette fois, au lieu de l'habituelle effigie d'un dieu glissée dans une pochette en tissu, sa grand-mère lui présente un bracelet de métal sombre mal poli. Il semble davantage l'œuvre d'un forgeron que d'un bijoutier ! Azami détourne le regard : elle a l'interdiction formelle de lire les signes gravés à l'intérieur. Pour être efficace, le charme de protection ne doit pas être connu de celui à qui il est destiné. Elle tend son poignet sur lequel sa grand-mère se hâte de refermer ce bracelet rustique en marmonnant une prière. Puis Obâsan sort une fiole de son tablier et asperge le bras d'Azami avec un liquide douteux.

– Les bons esprits seront avec toi, déclare-t-elle avec satisfaction. Tu recevras toute la protection dont tu as besoin.

Azami se force à sourire. Elle essaie de se

persuader qu'à travers ce rituel sa grand-mère lui témoigne son affection.

– Merci beaucoup. Ton inquiétude à mon égard me touche… Je peux m'essuyer maintenant ?

– Oh ! Bien sûr ! Mais ça sent très bon.

Azami renifle prudemment son bras. Elle n'en ferait pas son parfum favori mais ce n'est pas aussi horrible qu'elle l'aurait imaginé, même s'il est certainement préférable d'en ignorer les ingrédients.

Sa grand-mère lui souhaite une bonne nuit et quitte sa chambre.

Azami sent une nouvelle fois son bras. Malgré l'odeur très particulière, elle n'a pas le courage de passer par la salle de bains et se contente de s'essuyer avec un mouchoir avant de s'effondrer sur son futon.

Elle étouffe un bâillement.

Elle pensait être trop excitée pour trouver le sommeil mais ses paupières s'alourdissent déjà.

« Demain, je pars pour la France, songe-t-elle avant de s'endormir. C'est certain, je vais rêver de ce voyage… »

7

Obâsan a réveillé Azami à l'aube pour l'emmener au cimetière avant son départ. Le soleil est encore timide et des écharpes de brouillard s'accrochent aux caveaux.

Azami et sa grand-mère rejoignent celui de leur famille. Tous leurs aïeux y sont rassemblés, enfin, leurs cendres. Leurs âmes, si Azami s'en remet à sa grand-mère, sont déjà bien loin et la jeune fille s'interroge sur l'intérêt de parler à des morts dont il subsiste si peu de choses.

Surtout à une heure aussi matinale.

– Nos messages restent gravés dans leurs cendres et ils viennent ensuite les consulter, explique une fois de plus Obâsan.

– Un peu comme une boîte mail, murmure machinalement Azami.

Sa grand-mère lui adresse un regard sévère. On ne plaisante pas avec ça !

Azami baisse la tête et s'excuse. Elle est mal réveillée. Elle ne voulait pas manquer de respect à ses aïeux, d'autant qu'une fois devant le caveau elle ne peut s'empêcher de croire que les messages arrivent bien à leurs destinataires.

Alors, elle parle à sa mère.

Elle l'imagine comme sur les photos. Son visage apparaît même parfois dans le grain de la pierre. Ce matin, Azami lui annonce son départ. Elle lui assure que son père fait son possible pour bien s'occuper d'elle. Son père qui aimait tant sa mère, et qui l'aime encore sûrement.

Azami prie pour qu'elle soit heureuse à l'endroit où elle se trouve et promet de venir lui raconter son voyage dès son retour au Japon. Mais à côté d'elle, Obâsan fait aussi une promesse, et Azami ne résiste pas à tendre l'oreille.

– Ne te fais aucun souci pour ta fille, dit-elle.

Tu peux avoir confiance, j'ai pris toutes les précautions pour qu'il ne lui arrive rien de fâcheux.

Azami imagine qu'elle fait allusion au bracelet supposé la protéger, même si elle a du mal à croire qu'un simple talisman puisse rendre Obâsan si sûre d'elle.

– Et maintenant, allons à la gare.

Azami acquiesce sans poser de questions. On n'est pas censé écouter les prières des autres.

Elle quitte le cimetière avec sa grand-mère et traverse le village au son de la valise à roulettes qu'elle traîne derrière elle. À la moitié du chemin, Nayoko les rejoint.

– Salut ma vieille ! lance-t-elle joyeusement.

Elle se calme très vite en croisant le regard d'Obâsan. Nayoko s'incline respectueusement devant elle :

– Euh… Bonjour, Obâsan. J'espère que vous avez passé une bonne nuit et que l'absence d'Azami ne vous dérangera pas trop.

– Bonjour, Nayoko. Je te remercie de te

soucier de moi. Et si tu viens m'aider un peu pendant les vacances, je suis certaine que ma peine sera moins lourde.

Azami sourit. Sa grand-mère ne rate jamais une occasion de tirer profit d'une situation. Nayoko devrait pourtant le savoir, depuis le temps qu'elle la connaît.

– Ben… j'en serais très heureuse, bafouille-t-elle.

Azami prend sa meilleure amie par le bras et son regard amusé croise celui de Nayoko, désespéré.

– Ne perdons pas de temps, rappelle Obâsan. Le train part dans huit minutes. Il paraît qu'en France, ils ne sont pas toujours à l'heure, mais ici, ils partent à la seconde près !

En ce qui concerne la France, Azami l'ignore encore, mais pour le Japon, sa grand-mère a raison ! Heureusement, la gare est déjà en vue.

– J'ai l'impression qu'on ne se reverra jamais, murmure Nayoko d'une voix étranglée.

Alors qu'elles arrivent devant la gare, elle se serre contre son amie.

– Ne dis pas ça, lui reproche Azami. Dans dix jours, je serai de retour.

– Ça oui ! affirme Obâsan.

– Quand même, la France, c'est loin, soupire Nayoko. Une fois là-bas, tu m'oublieras.

– Cesse de raconter n'importe quoi. Je pars seulement en vacances avec mon père. Ça ne change rien à notre amitié.

– Je l'espère.

Azami sait qu'elle n'a plus le temps de rassurer sa meilleure amie. Elle se dépêche d'acheter son billet au guichet automatique et rejoint l'unique quai de la petite gare de Khizana.

– N'oublie pas de descendre à Sendai pour changer de train, lui rappelle Obâsan.

– Ne t'inquiète pas, j'ai l'habitude.

– Je n'ai même pas Internet ! s'écrit Nayoko en se jetant dans les bras d'Azami. Tu m'écriras des lettres, hein ?

Comme toujours, elle n'hésite pas à montrer

ses sentiments en public, ce qui ne manque pas de choquer les autres passagers qui attendent sur le quai.

– J'ai laissé mon ordinateur à ma grand-mère, lui explique Azami. Elle sait très bien s'en servir. Quand tu iras l'aider, tu auras de mes nouvelles.

Obâsan se réjouit à l'avance de cet échange de bons procédés.

– Ce sera ta récompense, précise-t-elle en riant.

Azami les embrasse toutes les deux et monte dans le train qui vient d'entrer en gare. Le contrôleur est sur le quai, les yeux rivés sur sa montre.

– À bientôt ! Je penserai à vous tous les jours !

Obâsan et Nayoko agitent leurs mains. La porte se referme déjà. Le contrôleur siffle et le train repart à l'heure, à la seconde près.

Par la fenêtre, Azami adresse encore quelques signes d'adieu à Obâsan et Nayoko qui pleure à chaudes larmes, le visage à demi enfoui dans un mouchoir aussi efficace qu'un chapeau en papier sous une pluie d'orage.

Sa meilleure amie ne changera jamais.

Azami s'éloigne de Khizana. Le mont Kaïdo apparaît, dominant le village, avant de diminuer à vue d'œil et de disparaître derrière une haie d'arbres.

« On s'en va si vite de chez soi », songe Azami.

Elle sent son cœur se serrer, un pincement, une angoisse, l'impression que son monde n'existe plus, simplement parce qu'il a disparu de sa vue.

Elle se laisse aller contre le dossier de son fauteuil quand son portable vibre dans sa poche. Un nouveau message de Myo, une photo d'elle accompagnée d'un texte : « J'ai acheté des fringues neuves pour ta venue. Qu'en penses-tu ? »

Azami pousse un long soupir et range son portable. Ce qu'elle en pense ? Elle va avoir l'air complètement grotesque à côté de Myo. Rien de ce que contient sa valise n'est en mesure de rivaliser avec le look de cette fille. Elle lui envoie une photo qui semble sortie d'un catalogue de mode !

Azami plante ses coudes sur ses genoux et cache son visage derrière ses mains. C'est affreux. Elle va prendre l'avion et faire plusieurs milliers de kilomètres pour se ridiculiser ! Et son père aura tellement honte d'elle qu'il ne voudra plus jamais la voir. Ce voyage est un vrai cauchemar avant même d'avoir commencé.

Entre ses doigts, ses yeux repèrent l'horrible bijou dont l'a affublée sa grand-mère hier soir. Sans ce truc, ce serait déjà mieux. Enfin, moins pire.

Elle le fait tourner autour de son poignet pour trouver l'attache… il n'y en a plus !

– C'est impossible ! murmure-t-elle. Ce bracelet n'était pas fait d'une seule et même pièce !

Azami tire dessus, essaie de le retirer en le faisant glisser autour de sa main. En vain. Il est trop étroit.

« Oh non ! Qu'est-ce qu'Obâsan a encore inventé ? »

8

Chaque fois qu'elle arrive à la gare de Tokyo, Azami sent les battements de son cœur s'accélérer. Sans doute prend-il le rythme des nombreux voyageurs qui s'engouffrent dans les couloirs et les escalators, de tous ces gens qui se croisent sans se toucher et se partagent le peu d'espace disponible. Une file dans un sens, une file dans l'autre. C'est impressionnant, surtout quand on a tendance à rester sur place, comme Azami.

À Tokyo, elle se sent vraiment comme une fille de la campagne. Et elle n'ose pas imaginer ce que ce sera à Paris !

– Tout va bien ? lui demande un employé de la Japan Rail chargé de surveiller la gare.

« Un million de personnes défilent chaque

jour dans cette gare, pense Azami, et c'est moi qu'on repère. Je dois quand même avoir l'air drôlement cruche ! »

– J'attends mon père, répond-elle. Il ne devrait plus tarder.

– Parfait. S'il y a le moindre problème, prévenez l'hôtesse à la borne d'information, au bout de ce couloir.

– Ah… merci.

Azami rend son salut à l'employé, et celui-ci repart. Elle se retrouve seule devant cette foule en mouvement perpétuel. Elle se tasse contre un distributeur de boissons pour essayer de se fondre dans le décor.

– Azami !

Son père arrive vers elle dans son costume noir et sa chemise blanche d'homme d'affaires. Okihiro Doï traverse la foule avec naturel, en affichant un large sourire.

– Eh bien, ma fille, tu te caches ?

Azami s'incline devant lui sans oser lui faire remarquer qu'il est en retard.

– Tu pourrais peut-être m'embrasser ? lui lance-t-il.

– Quoi ! s'exclame Azami.

Son embarras la fait rougir, et son père éclate de rire. Ses yeux malicieux éclairent son visage. Quand il rit, Azami trouve qu'il ressemble à un enfant qui aurait grandi trop vite.

– En France, ils s'embrassent tous pour se dire bonjour, insiste-t-il. Alors autant s'y mettre !

– Je le sais, mais… on ne peut pas le faire ici ! Pas devant tout le monde !

– Bien sûr que non, la rassure son père. Je plaisantais.

– C… c'est vrai ?

– Évidemment ! Ce que tu peux être sérieuse ! Allez, viens, on n'a pas de temps à perdre.

Souvent, Azami se sent un peu stupide face à son père. Son humour la prend au dépourvu, et elle a l'impression qu'il se moque d'elle.

Et puis, il semble tellement à l'aise parmi cette foule, au milieu de cette ville immense. Il y est chez lui, autant qu'elle est chez elle à Khizana.

Elle a parfois le sentiment que cette différence les sépare, les empêche de se comprendre réellement.

Azami presse le pas pour rester à la hauteur de son père qui l'entraîne dans les labyrinthes souterrains de la capitale. Ils rejoignent le métro et prennent place dans la file d'attente de la prochaine rame.

– Tiens, tu as un nouveau bracelet.

– Oui. C'est grand-mère qui me l'a offert, explique Azami. Il est un peu spécial.

– Je vois, sourit son père. Il sert à repousser les mauvais esprits qui hantent les rues de Paris ?

– Obâsan s'inquiète pour ce voyage. C'est sa façon de me protéger.

Son père redevient sérieux.

– Il est vraiment temps que tu quittes la campagne. Le monde de ta grand-mère et toutes ces croyances appartiennent au passé. Comment vas-tu t'orienter dans le métro à Paris ? Avec ce bracelet ?

Azami ne répond rien. Inutile d'espérer convaincre son père sur ce point. Il refuse de croire qu'Obâsan possède de quelconques pouvoirs. Pourtant, Azami a vu sa grand-mère soigner de nombreuses personnes, avec des herbes, en invoquant des esprits, en priant. Elle peut aussi chasser les yôkaïs des maisons s'ils deviennent néfastes. Un jour, elle a même retrouvé un enfant qui s'était perdu dans la forêt en interrogeant un kami. Au village, tout le monde le sait et la respecte.

Le père d'Azami aussi l'a vue à l'œuvre quand il était petit. Mais, maintenant, il prétend que tout cela était le fruit du hasard. Pour Okihiro, reconnaître qu'Obâsan a des pouvoirs reviendrait à admettre sa terrible erreur, admettre qu'au lieu de conduire sa femme à l'hôpital de Tokyo, le jour où elle est tombée gravement malade, il aurait dû la confier à sa mère, comme elle le lui avait conseillé.

Aujourd'hui, la mère d'Azami serait sûrement en vie.

9

Après un court voyage en métro, Azami pénètre dans l'appartement de son père. Il loge dans une grande maison séparée en cinq habitations où chaque propriétaire dispose d'une cuisine, d'une salle de bains et de deux pièces ! Un luxe rare et coûteux à Tokyo. Azami a donc une chambre pour elle quand elle rend visite à son père.

– Comment t'en sors-tu en français ? lui demande ce dernier en ouvrant la porte.

– J'ai de bonnes notes et, avec les cours de perfectionnement que tu m'as offerts cette année, je pense pouvoir me débrouiller à Paris. J'espère seulement que les Français ne parlent pas trop vite.

– C'est la principale difficulté. J'accueille

souvent des groupes de collaborateurs français, et je leur sers d'interprète. S'ils s'adressent à moi, ils font attention à parler lentement. Mais j'ai un peu plus de mal à suivre leur conversation quand ils discutent entre eux.

– Combien de fois es-tu allé en France ?

– Hmm… sept ou huit fois, pour accompagner des responsables de ma société. Mais ce voyage est le plus important, car mon directeur m'y envoie seul pour finaliser nos accords commerciaux avec notre homologue français.

– Félicitations, papa.

Le téléphone d'Okihiro sonne alors. Il consulte le numéro et son visage change d'expression.

– Je vais faire du thé, dit-il.

Et il se dépêche de s'enfermer dans la cuisine.

« C'est étrange, songe Azami. D'habitude, il répond toujours devant moi. »

Un instant, elle est tentée de coller son oreille à la porte. Mais la peur d'être surprise la fait renoncer : elle aurait trop honte de se montrer irrespectueuse envers son père.

Elle regagne donc la seconde pièce qui lui sert de chambre. Son futon est rangé dans le placard et son regard s'attarde sur les photos posées sur le bureau que son père utilise quand elle n'est pas là.

Il y en a quatre. Azami est sur trois d'entre elles.

La dernière photo est un portrait de sa mère. Elle est souriante et paisible. Sur ce visage Azami retrouve certains de ses propres traits. Elle doit se contenter de ces ressemblances car elle n'a aucun souvenir de sa mère, juste ce que son père et sa grand-mère lui ont raconté. Des souvenirs qu'elle s'est appropriés.

Mais ce qui lui manque le plus, c'est de n'avoir jamais entendu la voix de sa mère.

– Le thé est prêt ! annonce son père.

Azami abandonne sa valise et se dépêche de le rejoindre.

10

En début d'après-midi, Okihiro Doï a emmené sa fille faire quelques achats en prévision de leur voyage. Il a suggéré à Azami d'en profiter pour remettre sa garde-robe au goût du jour !

Elle a compris le message.

Elle s'est donc rendue en compagnie de son père dans le quartier ultra branché de Shibuya, où les *shibuyettes* portent les vêtements les plus tendance du moment. Mais quel style adopter ? Azami n'apprécie pas vraiment le genre *cosplay* qui lui donnerait l'allure d'un personnage de manga. La mode *fruit* lui permettrait d'être éclatante de couleurs, mais trop voyante à son goût. Même chose pour le *pink* qui la couvrirait de rose et ne lui laisserait aucune chance de passer inaperçue. Le *cyber* l'enroberait de plastique et on lui demanderait sûrement de quelle planète elle débarque. En *sweet lolita*, on lui donnerait dix ans ! En *gothic lolita*, elle risquerait de déprimer. En *horror loli*, elle se ferait peur en croisant son reflet dans le miroir. En *yamamba*, elle aurait l'air d'une sorcière…

Malgré de nombreux essayages et tous les efforts de son père pour l'encourager à trouver son style, Azami n'a pas réussi à se décider.

Elle a fini par acheter un jean.

– Tu ne m'en veux pas ? demande-t-elle à son père sur le chemin du retour.

– L'important, c'est que tu sois à l'aise, soupire-t-il.

Indiscutablement, il est un peu déçu. Mais le temps presse. Azami et son père repassent à l'appartement récupérer leurs valises. Un taxi, envoyé par la société Musibuti, les attend.

Une heure plus tard, ils arrivent à l'aéroport international de Narita.

Au milieu des halls immenses, des tableaux

où s'affichent des listes interminables de destinations, d'horaires et de numéros de salle d'embarquement, Azami réalise vraiment qu'elle s'apprête à prendre l'avion pour la première fois.

– Nous ne sommes pas en avance, dit son père. Allons enregistrer nos bagages.

Sans trop savoir à quoi cela correspond, elle hoche la tête et lui emboîte le pas. Elle se retrouve bientôt au guichet de la compagnie Japan Airlines. Une employée lui demande de poser sa valise sur un tapis roulant. Le poids s'affiche et son bagage est étiqueté avant de disparaître dans une sorte de tunnel obscur. Devant l'air inquiet d'Azami, la femme chargée de l'enregistrement lui explique, un sourire aux lèvres, que sa valise voyagera dans la soute de l'avion et qu'elle la récupérera à Paris. Azami baisse la tête en rougissant. Elle espère que son père n'a pas trop honte d'elle.

– Vous pouvez rejoindre tout de suite la salle d'embarquement, précise la femme. Porte B 56.

Azami suit son père de près. Perdue dans cet univers inconnu, elle a l'impression de redevenir une toute petite fille. Ils se présentent ensuite devant des policiers qui contrôlent leurs passeports et leurs billets. Puis ils s'approchent des détecteurs. Okihiro retire sa veste, sa ceinture et vide soigneusement ses poches de tout objet métallique. Azami répète chacun des gestes de son père avant de franchir le portique. Soudain, elle pense à son bracelet. Elle ne peut pas l'enlever et il est en métal ! Le détecteur va sonner et les policiers se précipiteront sur elle. L'idée d'être considérée comme une hors-la-loi la paralyse. Son cœur s'emballe et un frisson lui parcourt le dos.

– Avancez, mademoiselle, lui dit un douanier.

Comme elle ne bouge pas, il élève la voix et réitère sa demande. Okihiro se tourne vers sa fille et il ajoute, encore plus fort :

– Allez, Azami, fais ce qu'on te dit. Avance.

Les regards convergent vers elle. Exactement ce qu'elle voulait éviter !

– C'est la première fois qu'elle prend l'avion, indique son père au douanier.

– N'aie pas peur, lance ce dernier d'une voix bêtifiante. Viens vers moi.

Quitte à se sentir ridicule, Azami préfère déclencher la sonnerie du détecteur plutôt que de rester plantée là et qu'on lui parle comme à une demeurée. Elle s'avance donc, d'un pas qu'elle aimerait moins raide, et passe sous le portique en fermant les yeux.

Quand elle les rouvre, elle est de l'autre côté.

– Eh bien, tu vois, ce n'était pas si difficile ! s'exclame le douanier.

L'alarme n'a pas sonné !

Machinalement, Azami porte la main à son poignet. Elle aurait dû s'en douter : ce bracelet n'a rien d'ordinaire… comme tout ce qui concerne sa grand-mère.

11

Azami s'est installée dans l'avion à côté de son père. Au décollage, elle a eu l'impression de mourir. Ne plus avoir les pieds sur terre n'est pas une chose naturelle. Durant de longues minutes, elle était persuadée qu'en toute logique l'avion allait tomber et s'écraser au sol.

– Tu aurais dû regarder par le hublot, lui dit son père. C'était magnifique. Maintenant c'est trop tard. On ne voit plus que les nuages.

Les nuages. Azami risque un œil sur la droite. Il a raison. Ils sont au milieu des nuages !

– Tu te sens bien ? s'inquiète Okihiro. Tu es toute blanche.

– C'est pour me confondre avec les Françaises, répond Azami en se forçant à sourire.

Elle n'a pourtant aucune envie de plaisanter,

plutôt envie de vomir. Elle a l'impression que son estomac enchaîne les loopings. Dès que le signal autorisant les passagers à déboucler leur ceinture résonne, elle se dirige vers les toilettes d'un pas mal assuré. Elle y entre en se cognant dans les montants de la porte, tire le loquet derrière elle et se sent déjà mieux. Vomir dans l'avion, devant son père, aurait été la pire des humiliations.

À présent elle est seule, à l'abri des regards, et son estomac se calme un peu. « Je suis dans des toilettes, se répète-t-elle. De simples toilettes. Un endroit on ne peut plus ordinaire où je vais faire ce qu'on y fait d'habitude. »

L'étroitesse des lieux lui permettrait presque d'oublier qu'elle se trouve dans un avion perdu au milieu du ciel. Presque, car l'idée que cet avion puisse s'écraser et qu'on la retrouve morte dans les toilettes lui donne la chair de poule. Ce serait vraiment la honte !

Azami préfère encore se retenir et décide de quitter cet endroit. Au moment où elle pose la main sur le loquet, elle ressent un picotement dans son poignet. Son bracelet ne dégage aucune chaleur mais il devient aussi rouge qu'un métal brûlant et elle ne peut plus bouger son bras. Impossible d'ouvrir la porte ! Des volutes de fumée s'élèvent alors de son bracelet et s'assemblent pour former une silhouette. Azami n'en croit pas ses yeux. Le temps d'un battement de paupière, un être pas plus grand que sa main se tient sur son poignet. Il est tout rond, lisse comme un œuf, avec deux petits bras et deux jambes boudinées.

– B… Betobeto-san ! s'exclame Azami.

– Pour te servir, répond ce dernier en ouvrant ses yeux disproportionnés.

Un yôkaï ! Voilà pourquoi Obâsan a accepté si facilement de la laisser partir. Un yôkaï, et pas n'importe lequel. Betobeto-san. En France, on l'appellerait « monsieur Collant-Collant ». Il n'y a pas pire pot de colle. Une fois qu'il tient sa victime, il ne la lâche plus !

– Mais que faites-vous ici, Betobeto-san ? reprend Azami d'une petite voix.

Elle préfère le vouvoyer. Il vaut mieux se montrer poli avec les yôkaïs car on ne sait jamais de quoi ils sont capables.

– Obâsan m'a demandé de veiller sur toi, explique M. Collant-Collant avec une pointe de fierté.

– C... c'est très gentil de sa part, bafouille Azami. Mais ce n'était pas utile de vous dérang...

– Je suis très heureux de rendre service à ta grand-mère, l'interrompt le yôkaï.

– Elle s'inquiète inutilement pour moi.

– On n'est jamais assez prudent.

– Bien sûr. Mais vous avez certainement mieux à faire que de me surveiller.

– Pas du tout. Justement, je m'ennuyais un peu en ce moment.

Azami retient un soupir. Ce yôkaï ne va pas la quitter de tout le voyage. Grrr ! Si elle tenait sa grand-mère !

– Rassure-toi, lui confie Betobeto-san. Avec moi à tes côtés, il ne peut rien t'arriver.

– L'avion ne risque pas de s'écraser ? demande à tout hasard Azami.

– Tu es sous ma protection. Donc, tu es en sécurité.

Ces dernières paroles réconfortent Azami. Finalement, il n'y a pas que des inconvénients à voyager avec M. Collant-Collant. C'est alors qu'on frappe à la porte des toilettes.

– S'il vous plaît ? Tout va bien ?

C'est l'hôtesse et, comme elle n'obtient pas de réponse, elle frappe un peu plus fort.

– Si tu ne dis rien, prévient Betobeto-san, elle va insister et tous les passagers de l'avion sauront que tu es longue aux toilettes. Il y a d'ailleurs peut-être une file d'attente derrière la porte.

La gorge d'Azami se noue et une goutte de sueur glacée roule le long de sa tempe.

– Bonne chance, lui lance le yôkaï. Mais rassure-toi, je ne serai jamais loin !

Il disparaît dans un petit nuage de fumée absorbé par le bracelet. Maintenant, Azami doit se débrouiller seule. Et l'hôtesse tambourine de plus belle à la porte !

– V... voilà... J'arrive, parvient enfin à bafouiller Azami.

Elle sort des toilettes, la tête baissée, en marmonnant une suite ininterrompue d'excuses.

– Mademoiselle, nous entrons dans une zone de turbulences, l'informe gentiment l'hôtesse. Il vaut mieux retourner vous asseoir et attacher votre ceinture.

– Vous n'auriez pas un parachute plutôt qu'une ceinture ?

L'hôtesse éclate de rire et Azami se sent encore plus ridicule. La femme se permet même de la tutoyer.

– Il n'y a pas de parachute dans cet avion, lui explique-t-elle. Mais rassure-toi, tu ne cours aucun danger.

Azami ne voit pas en quoi il est rassurant d'apprendre qu'il n'y a pas de parachute dans un avion. Elle aurait préféré que l'hôtesse lui mente et lui promette de lui en mettre un de côté si les choses tournaient mal. À présent, pour se réconforter, elle ne peut se raccrocher qu'à ce yôkaï censé la protéger.

Au premier tremblement de l'avion, elle se dépêche de regagner sa place et de boucler sa ceinture.

– Ce ne sont que de petites turbulences, lui signale son père.

– Je sais, répond Azami en serrant de toutes ses forces les accoudoirs de son fauteuil.

Objet : Mieux vaut utiliser une canne avant de tomber

De : obasan@yahoo.co.jp

Date : 10 avril 07:23

À : azami@yahoo.co.jp

Ma chère petite-fille,

Ton ordinateur est un être étrange et très exigeant. Pour le remercier de te faire parvenir mes messages, j'ai voulu lui faire une offrande à la hauteur du service qu'il me rend. J'ai donc débouché mon meilleur saké et je l'en ai aspergé. Figure-toi qu'il a manifesté son mécontentement par des grésillements et même quelques étincelles !

Mon meilleur saké.

Enfin, il a fini par se calmer. Désormais, je lui offre des pétales de roses et des galettes de riz. Il semble les apprécier davantage.

Mais tout de même, un esprit qui refuse le saké, ce n'est pas normal.

J'espère en tout cas que tu as fait bon voyage et que ton père s'occupe bien de toi. J'avoue que je suis un peu inquiète. Heureusement, je sais que quelqu'un veille sur toi à ma place. Ne m'en veux pas, c'est pour te protéger. Ton père est peut-être malin, mais je suis plus rusée que lui !

Tu peux me croire, Betobeto-san te permettra d'éviter pas mal d'ennuis.

À bientôt,

Ta grand-mère

12

Azami n'est parvenue qu'à somnoler durant les onze heures de vol. Okihiro, lui, a dormi à poings fermés. Il s'est réveillé peu de temps avant l'atterrissage à Paris et son premier geste a été de régler sa montre à l'heure française.

Il est vingt-deux heures quand Azami et son père débarquent à l'aéroport Charles-de-Gaulle. Après avoir récupéré leurs bagages et fait tamponner leurs passeports par la douane, ils sautent dans un taxi pour rejoindre le centre de Paris. Il fait nuit et, derrière les vitres de la voiture, la France demeure très mystérieuse. Azami devra patienter jusqu'à demain pour découvrir Paris au grand jour. Pour l'instant, les rues et les avenues défilent comme des guirlandes de lumière.

Azami tombe de sommeil et elle se laisse aller contre le dossier de la banquette moelleuse.

Le taxi s'arrête au pied de l'immeuble de l'ami de son père. M. Mishima les attend sur le trottoir.

– Soyez les bienvenus, dit-il en s'inclinant. Le voyage n'a pas été trop fatigant ?

– Nous avons pu dormir un peu dans l'avion, répond M. Doï. Mais il est tard et nous espérons ne pas trop déranger ta famille.

– Ne t'inquiète pas, Okihiro, nous ne nous couchons jamais de bonne heure et nous sommes très heureux de vous accueillir.

– Et c'est un honneur pour nous d'entrer dans votre maison, le remercie Azami.

– C'est un bonheur pour ma famille et moi de recevoir une jeune fille si bien élevée, réplique M. Mishima.

Azami connaît parfaitement les règles de la politesse japonaise et elle n'y dérogerait pour rien au monde. Les Français ne devineraient évidemment pas que son père est en face d'un ami d'enfance et qu'ils sont fous de joie de se retrouver. Ces échanges respectueux seraient interprétés comme une froide distance. Seuls les Japonais peuvent les comprendre et les apprécier. Mais, en entrant dans l'appartement de M. Mishima, Azami découvre immédiatement que Myo ne respecte pas du tout ces codes.

– Yééé ! Te voilà enfin, Azami ! Dans mes bras, ma vieille !

Myo se jette sur elle et l'embrasse sur les deux joues !

– Je vous présente ma fille, dit M. Mishima.

Cette dernière ne prête aucune attention à M. Doï et continue de s'adresser uniquement à Azami :

– Tu vas voir, Paris, c'est super cool. J'ai plein d'amis avec qui on se marre bien.

Alors que Myo la serre toujours dans ses bras, Azami tente de saluer Mme Mishima qui vient de les rejoindre. La petite sœur de Myo, Charline, s'accroche à la robe de sa mère et exige une glace au chocolat.

– Désolée, les enfants sont un peu énervés, s'excuse Mme Mishima.

– C'est notre faute, la rassure le père d'Azami. Nous arrivons tard et…

– C'est vrai, l'interrompt Myo. On commençait à trouver le temps long.

M. Mishima rit nerveusement pendant que Charline continue à tirer sur la robe de sa mère en réclamant sa glace.

– Nous allons vous faire visiter l'appartement et vous montrer vos chambres, reprend Mme Mishima. Myo, pourrais-tu emmener Charline se coucher, s'il te plaît ?

– C'est bon, j'suis pas baby-sitter ! proteste Myo. Moi, je m'occupe d'Azami. Allez, viens, tu dors avec moi. Ma mère t'a préparé un lit à côté du mien.

– Euh… eh bien moi, je m'occupe d'Okihiro, propose M. Mishima d'une voix mal assurée. Tu vas dormir dans la chambre d'ami.

Azami disparaît, entraînée par Myo, pendant que Charline réclame de plus belle une glace.

Objet : Azami
De : okihirodoi@yahoo.co.jp
Date : 10 avril 21:08
À : obasan@yahoo.co.jp

Chère mère,

Azami m'a informé que vous utilisiez désormais son ordinateur pour recevoir et envoyer des mails. Je constate avec satisfaction que vous adoptez les bienfaits de la modernité et j'en profite pour vous adresser ce message.

Dès à présent, je tiens à vous avertir que ce voyage pourrait provoquer un grand changement dans la vie d'Azami. Il est encore trop tôt pour en parler, mais sachez, chère mère, que ma fille aura bientôt une décision très importante à prendre. Et je compte sur vous pour la laisser faire ses choix en toute liberté.

Très respectueusement,

Votre fils, Okihiro

13

– Ouah ! Quand tu dors, tu ne fais pas semblant ! s'exclame Myo.

Azami ouvre péniblement un œil. Sa nouvelle amie est habillée et maquillée. Tunique noire, leggings rouge éclatant et rouge à lèvres violet. L'ensemble tirerait définitivement une marmotte du sommeil.

– M... mon père est réveillé ? bafouille Azami.

– Tu plaisantes ? pouffe Myo. Il est déjà parti travailler depuis longtemps avec le mien.

– M... mais... quelle heure est-il ?

– Bientôt midi. Tu as dormi douze heures !

Azami se redresse d'un bond. Midi ! Jamais elle ne s'est levée si tard. Midi ! Que vont penser M. et Mme Mishima ?

Elle file dans la salle de bains pour se préparer.

– Bien reposée ? lui lance une voix dès qu'elle a refermé la porte.

Betobeto-san est apparu sur son poignet.

Le petit yôkaï s'envole et atterrit en tailleur sur le lavabo.

– Vous ne pourriez pas apparaître ailleurs que dans les toilettes ou les salles de bains ? soupire Azami.

– Je préfère les endroits discrets, précise Betobeto-san. Et si je suis là, c'est pour te protéger.

– Cette pièce ne me paraît pas présenter beaucoup de dangers, lui fait remarquer Azami.

– Je pensais à Myo, précise le yôkaï. Tu devrais te méfier d'elle. Elle risque de t'attirer des ennuis.

– Je n'ai pas besoin de vos conseils, se fâche Azami. Par contre, j'aurais besoin d'un peu d'intimité !

– Écoute-moi d'abord, insiste Betobeto-san.

– Je suis pressée ! Il est plus de midi et je suis toujours en pyjama.

Azami attrape un verre à dents qu'elle retourne sur le yôkaï.

– Et maintenant, vous allez me laisser tranquille ?

Betobeto-san éclate de rire. Il traverse le gobelet en plastique comme un fantôme se joue d'un mur.

– C'est bon, je m'en vais, dit-il en redevenant sérieux. Mais n'essaie pas de ressembler à Myo, sinon tu le regretteras.

Il s'envole à nouveau avant de disparaître dans le bracelet à la manière d'un génie qui retourne dans sa lampe.

– Je sens que ce yôkaï va me jouer des mauvais tours, marmonne Azami.

Elle ôte son pyjama, se lave rapidement et se dépêche de s'habiller pour retrouver Myo.

– T'es du genre rapide, lui fait remarquer cette dernière. Moi, je passe au moins une heure chaque matin dans la salle de bains. Tu veux un petit déjeuner ?

– N… non, répond Azami. Il est trop tard.

Mme Mishima rejoint alors les deux filles.

– Bonjour, Azami. Tu as bien dormi ?

Azami sent ses joues s'enflammer.

– Bonjour, madame. Je vous prie de m'excuser. Normalement, je me réveille de bonne heure.

– Ne sois pas gênée, la rassure Mme Mishima. Tu avais besoin de sommeil à cause du décalage horaire. Et puis, j'ai l'habitude : Myo est une spécialiste de la grasse matinée. Quand elle ne va pas au collège, elle reste au lit jusqu'à…

– C'est bon, la coupe Myo. T'es pas obligée de raconter ma vie. Je ne suis plus une gamine.

– Non, tu as raison, ma chérie, admet sa mère avec un sourire crispé. Eh bien je vous laisse. Je dois déposer Charline chez la nourrice avant d'aller travailler.

– Ouais, c'est ça. Débarrasse-nous de ce boulet, commente Myo.

– À ce soir, les filles, lance Mme Mishima comme si elle n'avait rien entendu.

Azami n'a jamais vu quelqu'un s'adresser ainsi à sa mère. Mais ce qui la surprend encore plus, c'est que cette dernière ne réagisse pas.

– Tu n'aides jamais ta mère à s'occuper de ta petite sœur ? s'étonne Azami.

– Ça va pas ! répond Myo. C'est à mes parents de se débrouiller avec Charline. Faut pas faire de gosses si on ne veut pas s'en occuper. T'es pas d'accord ?

– Ben… je sais pas trop.

– Bon, lance Myo, on s'arrache d'ici. Je vais te faire visiter le quartier. Tu vas t'habiller ?

– Mais… je suis déjà habillée.

Myo hausse les sourcils.

– Tu plaisantes, là ?

Azami réalise soudain que son jean et son tee-shirt paraissent bien fades, comparés au style éclatant de Myo.

– Ton père a expliqué au mien que tu vivais à la campagne, reprend celle-ci.

– C'est vrai.

– Oh, je n'en doutais pas !

– Je… j'ai l'habitude de m'habiller assez simplement et…

– C'est sûr. J'imagine que tu n'as pas eu une vie facile, compatit Myo.

– Non ! Ce n'est pas ça. Je…

– Je comprends. Tu préfères ne pas en parler. Seulement, ton cauchemar est terminé. Maintenant que tu es en ville, tu vas pouvoir prendre soin de toi. Plus besoin d'enfiler ton jean ringard ni ce tee-shirt craignos. Y a pas de vaches ici !

Azami reste sans voix. Elle aimerait pourtant expliquer à Myo que la campagne japonaise ne ressemble pas à l'image qu'elle s'en fait. Elle voudrait lui parler de ses amis, du mont Kaïdo, du bruit du vent quand il traverse la forêt de bambous, des esprits qui accompagnent la vie, des lieux de prières, de l'odeur du thé, du jardin qui refleurit chaque année et du visage d'Obâsan qui se confond avec l'écorce des vieux cèdres.

– Écoute, reprend Myo, tu sors… hum !… dans cet état, mais on évite de rencontrer des gens que je connais et je t'emmène dans une boutique branchée.

– M… mais je n'ai pas d'argent, bafouille Azami.

– Ne te tracasse pas. J'ai ce qu'il faut. Et ton père me remboursera.

– Non ! Je ne peux pas faire ça.

Mais Myo ne veut rien entendre. Elle prend Azami par le bras et l'entraîne avec autorité vers la porte d'entrée.

– Demain, je te présenterai Joan, mon petit copain, lui confie-t-elle, et je ne peux pas t'emmener habillée comme ça. Ce serait la honte, pour moi comme pour toi. Tu comprends ?

– B… ben, oui… bafouille Azami en chaussant ses baskets.

– Contente de te l'entendre dire, se réjouit Myo.

Elle enfile son trench ultracourt et ajuste sa ceinture pour bien marquer sa taille. Puis elle pousse Azami hors de l'appartement.

Objet : Pitié !

De : azami@yahoo.co.jp

Date : 11 avril 22:24

À : obasan@yahoo.co.jp

Grand-mère,

Je suis bien arrivée à Paris. C'est une ville étrange qui ne ressemble pas à Tokyo, ni à rien de ce que je connais. Mais rassure-toi, je m'adapte et tout va pour le mieux.

Aujourd'hui, j'ai passé la journée avec Myo. Elle m'a emmenée découvrir le quartier. Nous sommes tout près de Notre-Dame, une magnifique église dont papa m'a souvent parlé. Myo n'a pas voulu la visiter car elle ne s'intéresse pas vraiment à l'histoire ni à la religion. En revanche, elle connaît des tas de boutiques de vêtements plus originales les unes que les autres. Elle m'a entraînée dans l'une d'elles pour que j'essaie une robe qui, je pense, ne t'aurait pas plu. Rassure-toi, j'ai refusé de l'acheter. En plus, elle était hors de prix. Myo a fini par comprendre que je ne céderais pas et elle a décidé de me prêter des affaires pour demain.

Comme tu le vois, je suis très raisonnable. Je n'ai donc pas besoin d'un ange gardien ! Je veux bien sûr parler de Betobeto-san ! Comment as-tu pu me faire ça, grand-mère ? Tu sais pourtant que je n'ai pas l'intention de me conduire mal en France ! Je t'en prie : libère-moi de ce yôkaï. Il va gâcher mes vacances. Imagine que quelqu'un le voie ! Ici, les gens ne sont pas du tout habitués à vivre avec les esprits. S'ils m'entendent parler avec lui, ils m'enfermeront sûrement dans un hôpital psychiatrique !

Dis-moi comment me débarrasser de ce bracelet.

S'il te plaît.

Ta petite-fille, Azami

14

– Depuis que je suis à Paris, je n'ai presque pas vu mon père, se plaint Azami. Il rentre tard et, le matin, il est parti avant que je me réveille.

Myo hausse les épaules.

– Les parents, moins on les a sur le dos, plus on est tranquille.

Azami ne partage pas ce point de vue. Mais Myo ne peut pas la comprendre : sa mère n'est pas morte et son père ne vit pas loin d'elle.

– Allez, viens, s'impatiente cette dernière. On va finir par être en retard.

– Pour les vêtements, demande Azami en se regardant une dernière fois dans le miroir, tu es sûre que ce n'est pas trop… voyant ?

– Ce short blanc te va presque aussi bien qu'à moi. Et avec mes collants noirs, c'est parfait. Tu devrais juste ouvrir un peu plus la chemise.

Un décolleté plongeant, c'est vraiment le minimum.

– Euh… peut-être, mais là, c'est suffisant.

– Si tu préfères avoir l'air coincé, c'est ton problème.

Deux minutes plus tard, les deux filles sont en bas de l'immeuble. Elles remontent l'avenue jusqu'à la bouche de métro la plus proche. Myo s'y engouffre la première et Azami la suit comme son ombre. Ici, les gens semblent se déplacer sans se soucier des autres et se bousculent au besoin. Myo, elle, slalome dans la foule. Elle n'a pas son pareil pour se faufiler dans les couloirs du métro.

– Tu suis toujours ? dit-elle en se retournant.

Azami en profite pour lui attraper la main. Myo esquisse un sourire.

– Courage, on est presque arrivées.

Les deux filles sortent du tunnel et débouchent sur le quai. La rame vient juste de s'arrêter dans un fracas assourdissant. Avant que les passagers ne terminent de descendre, les autres montent déjà. Myo, habile et déterminée, entraîne Azami à l'intérieur. Sur le quai, un homme crie à qui veut l'entendre qu'il n'a rien mangé aujourd'hui et brandit un gobelet en plastique dans lequel résonnent quelques pièces.

Les portes du métro se referment devant lui.

Azami est coincée entre Myo, une barre poisseuse et un monsieur corpulent qui l'écrase sans même s'apercevoir de sa présence.

– Tu te sens bien ? demande Myo. Tu es toute pâle.

– C… c'est tellement différent, bafouille Azami.

– Accroche-toi, on démarre.

Azami n'a pas d'autre choix que de saisir la barre avec un haut-le-cœur et la secousse finit de la plaquer contre l'homme. La différence de taille lui permet de s'imprégner à volonté de l'odeur des aisselles de son voisin. La transpiration représentant ce que tout Japonais digne de ce nom déteste le plus au monde, les auréoles qui ornent les dessous de bras de ce passager mé, riteraient de figurer dans un film d'épouvante nippon.

Azami est à deux doigts de s'évanouir.

« La France est sale », se surprend-elle à penser. Ces mots s'affichent dans sa tête comme une enseigne aux néons clignotants. Tout lui paraît souillé, crasseux. Les odeurs deviennent insupportables, et pas seulement celles de son voisin. Au Japon, les trains sont d'une propreté irréprochable, astiqués par une équipe de nettoyage qui salue les voyageurs avant leur départ. Il n'y a pas de détritus sur le sol. Les gens utilisent des éventails afin de ne pas transpirer. Les hommes s'épongent le visage. Et les Japonais sont certainement les plus grands consommateurs de déodorants au monde !

– Tu es malade ? s'inquiète Myo.

– N… non, bafouille Azami. I… il faut juste que je m'habitue.

« Voyager, c'est accepter les différences », se répète-t-elle en détournant tout de même les yeux des aisselles humides de son voisin. « Je dois m'adapter à la vie française. »

À l'arrêt suivant, la rame se vide un peu. Azami peut reprendre ses distances, quand elle sent soudain une main lui caresser les fesses ! Elle se retourne : un homme d'une cinquantaine d'années la regarde sans la moindre gêne.

– T'aimes ça ? lui chuchote-t-il. Hein ? T'aimes ça ?

– Ne réponds pas, lui souffle Myo d'un air blasé. C'est un obsédé.

– M… mais il m'a touché les fesses ! proteste Azami.

– T'aimes ça, hein ? répète l'autre.

À l'arrêt suivant, les passagers continuent de descendre. Et l'homme en profite pour se rapprocher.

– Il est joli ton petit short, murmure-t-il. Tu me montres ce qu'il y a à l'intérieur ?

Azami sent la colère l'envahir et la chaleur de son bracelet irradie son poignet. Avant que l'homme ait pu suffisamment approcher la main pour la toucher, elle lui attrape le bras. Elle le tord avec autant de facilité que si elle s'amusait à plier un brin de paille. Un craquement sinistre résonne dans la rame, à peine couvert par le bruit du métro. L'instant d'après, l'homme s'écroule à genoux en lâchant un cri de douleur et en tenant son bras dont le coude affiche un angle inhabituel.

– Ouah ! s'extasie Myo. Évidemment, tu connais des prises de karaté.

– Euh… sans doute, acquiesce Azami, encore étonnée par sa prouesse.

– Il faut que tu m'en apprennes. C'est drôlement pratique contre les détraqués. Tiens, c'est là qu'on descend.

Et les deux filles quittent le métro, laissant derrière elles l'homme blessé et les autres passagers interloqués.

Objet : Les médicaments efficaces sont amers

De : obasan@yahoo.co.jp

Date : 12 avril 08:35
À : azami@yahoo.co.jp

Azami,

Les grandes villes sont dangereuses pour une jeune fille et encore plus pour toi qui as été élevée à la campagne. Estime-toi heureuse d'avoir un ange gardien qui te protège. Tu verras, Betobeto-san est un très bon petit yôkaï.

De toute façon, il n'existe aucun moyen de te libérer de lui avant ton retour.

Passe un bon séjour en France.

Obâsan

PS : Un bol de soja que j'avais déposé en offrande s'est malencontreusement renversé sur ton ordinateur. J'aimerais le nettoyer afin que le kami qui s'y cache soit heureux et continue d'envoyer mes messages. Penses-tu que je puisse le plonger dans notre onsen ? Un bon bain chaud le laverait et lui ferait le plus grand bien, non ?

15

Azami et Myo sont sorties du métro et elles se dépêchent de rejoindre le jardin des Tuileries. Joan leur adresse un signe de la main dès qu'il les aperçoit au bout de la grande allée centrale. Deux filles et un garçon attendent également Myo et Azami.

– Alors, vous êtes en retard ! leur lance Joan.

Il le dit sans le moindre soupçon de reproche et affiche un large sourire amusé et bienveillant.

– Je dois m'occuper d'Azami, réplique Myo en guise d'excuse. Et ce n'est pas simple.

– Salut ! clament en chœur les deux filles en s'adressant à Azami.

– Moi, c'est Alice, se présente l'une d'elles. Et voici ma sœur jumelle, Lucie.

Azami s'incline devant elles, ce qui amuse

énormément Joan et son copain Arthur.

– Hé ! En France, on fait la bise ! affirme ce dernier.

– Elle n'est pas encore habituée, s'empresse d'expliquer Myo comme si elle parlait d'un animal de compagnie.

– Au Japon, nous ne…

Azami n'a pas le temps de terminer sa phrase. Arthur se jette sur elle :

– Mais ici on est à Paris, alors je t'embrasse !

Il enchaîne quatre bises sur les joues d'Azami qui se métamorphose en statue.

– En effet, constate Alice. Tu ne dois pas souvent faire la bise aux garçons !

– Non, ajoute Myo. Elle est plutôt du genre à leur casser le bras ! Vous l'auriez vue tout à l'heure…

Et elle raconte en détail, et même en exagérant un peu, la façon dont Azami s'est débarrassée de l'homme qui lui avait touché les fesses.

– Ouah ! J'ai donc risqué ma vie en t'embrassant ! plaisante Arthur.

Alice et Lucie éclatent de rire et Myo en profite pour recommencer le récit de leurs aventures dans le métro, des fois que ses amis n'auraient pas bien compris.

Mais Joan ne s'y intéresse pas.

En vérité, seule Azami semble l'intéresser. Cette dernière baisse les yeux et n'ose pas les relever. Elle sent le regard du garçon posé sur elle.

– Ne fais pas attention à ce qu'ils disent, lui chuchote-t-il en désignant les autres. Ils ne pensent qu'à rigoler.

– J'aime également plaisanter, répond Azami. Seulement, pour comprendre votre humour, il faudrait sans doute que je connaisse un peu mieux votre pays.

– Et aussi ces beaux habitants ? intervient Arthur en lui adressant un clin d'œil.

Les joues d'Azami s'empourprent.

– Arthur ! s'offusque Joan. Arrête ça ! Tu mets Azami mal à l'aise. Allons plutôt nous promener pour lui faire visiter le quartier.

Myo fronce les sourcils. Pas question que son invitée accapare l'attention de Joan. Elle l'a amenée ici pour amuser ses amis et se rendre intéressante. Aussi, juste avant de quitter le jardin, elle rejoint Azami et lui glisse à l'oreille :

– Joan est pour moi. Ne t'approche pas de lui ou tu le regretteras.

16

– Même sur les murs des églises ! s'exclame Azami en se figeant sur place.

Joan s'arrête aussi.

– De quoi parles-tu ? s'étonne-t-il.

– Des tags.

– Je parie qu'elle n'en a jamais vu, intervient Myo sur un ton hautain.

– À Tokyo, il y en a dans certains quartiers, corrige Azami. Mais dans mon village, non, ça n'existe pas.

– Ça te choque ? demande Arthur.

– Bien sûr ! Au Japon, personne n'oserait salir un temple.

– Tu penses que les gens sont plus croyants dans ton pays ? s'intéresse Joan.

– Ils auraient surtout peur des représailles ! explique Azami. Tu peux me croire, les esprits sont capables de vengeances extrêmement cruelles.

– Ha ! Ha ! pouffe Myo. Vous comprenez pourquoi je suis contente d'être née en France ! Sinon je croirais à tous ces trucs débiles !

Alice et Lucie ne se privent pas d'ajouter quelques commentaires sur la naïveté d'Azami, relayées par Arthur qui compare cette dernière à sa cousine de cinq ans. Joan, lui, continue à discuter avec Azami comme s'ils étaient seuls.

– J'ai lu beaucoup de mangas dans lesquels il était question des esprits, reprend-il, et je me suis toujours demandé si c'était une invention.

– Non, c'est vrai, affirme Azami. Au Japon, tout le monde prie, mais pas de la même façon qu'ici, ni pour le même dieu. En ce qui concerne les religions, les gens sont tolérants. Y compris envers ceux qui ne croient en rien.

En prononçant ces dernières paroles, elle se tourne un instant vers Myo pour qu'elle comprenne bien l'allusion.

– Azami a raison, insiste Joan. Ce n'est pas

parce que les choses sont différentes pour elle que vous devez en rire.

Myo fusille Azami du regard. Elle est trop maligne pour lui répondre devant Joan, celui-ci prendrait immédiatement la défense de cette petite paysanne, mais elle ne perd rien pour attendre. Si elle croit aux esprits, elle ferait mieux d'implorer très vite leur protection car Myo a l'intention de lui passer l'envie de s'attirer les faveurs de Joan.

– Excuse-nous, Azami, lâche-t-elle avec une sincérité feinte qui élève l'hypocrisie au rang d'art majeur. Nous ne voulions pas te blesser.

– Tu ne pouvais pas le savoir, Myo, rétorque Azami sur le même ton. Tu vis en France depuis ta naissance et, pour toi, toutes ces croyances japonaises doivent te paraître très étranges.

Hélas pour Myo, Joan retient moins son mea culpa que l'indulgence d'Azami.

– Tu es compréhensive, lâche-t-il avec admiration. Si tous les Japonais sont aussi tolérants que toi, j'ai hâte de visiter ton pays.

– Ils ne le sont pas toujours, reprend Azami. Mais si tu viens un jour au Japon, je serais heureuse de te faire découvrir mon village.

Si une preuve était nécessaire pour montrer à quel point les caractères de Joan et d'Azami s'accordent, le regard qu'ils échangent suffit amplement. Il n'échappe pas à Alice et Lucie, et leurs ricanements étouffés dans le creux de leur main ne font qu'accroître la colère de Myo.

17

En arrivant près de la place de la Concorde, le visage d'Azami s'éclaire d'un large sourire :

– Oh ! Une grande roue ! s'émerveille-t-elle.

– Mouais, ronchonne Myo. C'est juste un manège.

– C'est bon pour les gosses, confirment les jumelles.

Un petit rictus au coin des lèvres, Arthur guette la réaction de Joan.

– Au contraire ! s'exclame ce dernier. C'est une super occasion pour Azami de voir Paris de haut.

« Et pour toi d'être seul avec elle », songe Arthur.

– Surtout pas ! intervient Myo. Elle va avoir le vertige.

« Le vertige ? Quelle drôle d'idée ! pense Azami. Je suis une fille de la montagne. » Elle s'apprête à protester vivement :

– P… p… pp…

Aucun mot ne parvient à sortir de sa bouche, comme si une sorte de hoquet l'obligeait à rester bloquée sur la première lettre de sa phrase. Myo saisit aussitôt l'occasion :

– Tu vois ! Rien que de s'imaginer dans ce manège, elle panique !

– M… m… mm… tente encore Azami.

Une démangeaison au niveau de son poignet éveille alors ses soupçons. Betobeto-san ! Il a quitté le bracelet magique et Azami n'est pas longue à le repérer. La silhouette presque transparente du yôkaï flotte dans les airs, juste derrière Joan.

– L… l… ll… s'obstine Azami.

Plus elle bafouille, plus M. Collant-Collant arbore un sourire radieux et victorieux.

– La pauvre, soupire Myo en passant son bras autour des épaules d'Azami. Je crois qu'elle ne se sent pas très bien. Nous allons devoir rentrer.

– N… nnn… nnnnn…

– Bien sûr, acquiesce Myo. Tout de suite.

– I… ii… Iiiiiii…

Azami aimerait hurler, mais elle n'y parvient pas et Myo l'entraîne déjà vers une bouche de métro. Humiliée, Azami préfère céder.

– On se voit demain ? leur lance Joan, sans qu'on puisse savoir à qui s'adresse cette invitation.

– On s'appelle, lui répond Myo, convaincue d'en être la destinatrice.

En un éclair, Betobeto-san reprend sa place dans le bracelet, au moment même où une larme roule sur la joue d'Azami.

Objet : Besoin urgent de conseils
De : azami@yahoo.co.jp
Date : 12 avril 21:52
À : obasan@yahoo.co.jp

Grand-mère,

Aujourd'hui, j'ai fait connaissance avec Joan, un garçon que Myo m'a présenté comme son petit ami. Pourtant, je n'ai eu à aucun moment l'impression qu'ils sortaient ensemble.

Je pense que Myo a tendance à tout exagérer !

Maintenant, je dois t'avouer quelque chose, d'abord parce ce que j'ai besoin de tes conseils, ensuite parce que Betobeto-san ne se privera pas de te raconter sa version des faits. Il s'agit de Joan. Ce garçon s'est montré très aimable avec moi. Évidemment, je n'aurais pas dû lui répondre, pour bien lui signifier mon indifférence. Mais comme Myo s'est moquée de moi et que Joan a pris ma défense, j'ai très vite été dépassée par la situation. Et je crains d'avoir blessé mon hôte.

Myo est désormais persuadée que je veux lui voler son petit ami. Il est vrai qu'il a failli m'inviter à faire un tour de manège (mais personne ne souhaitait y monter à part nous deux !).

C'est à cet instant que Betobeto-san est intervenu, très efficacement d'ailleurs, en me rendant muette afin que ce projet ne se réalise pas.

J'avoue que Joan est un garçon aimable et respectueux, des qualités que j'apprécie beaucoup, mais jamais je ne serais allée au-delà d'une relation amicale avec lui. Il est l'ami de Myo (qu'ils sortent ensemble ou pas) et, en tant qu'invitée, je sais que mon devoir est de témoigner mon respect à mon hôte (même si elle n'en fait pas toujours de même !).

Maintenant, Myo ne m'adresse plus la parole. C'est d'autant plus dommage que moi je l'ai retrouvée !

Mais si papa apprend ce qui s'est passé, ce sera un terrible affront vis-à-vis de M. et Mme Mishima.

Je t'en prie, grand-mère, dis-moi ce que je dois faire.

La vie ici est tellement différente.

Azami

PS : Ne plonge surtout pas mon ordinateur dans l'eau !!! Tu tuerais le kami et nous ne pourrions plus communiquer !

18

Ce matin, Azami s'est réveillée la première. La fatigue du voyage passée, le décalage horaire la rattrape. Il est six heures en France, mais déjà midi au Japon, et elle n'est pas habituée à faire la grasse matinée.

Elle sort de la chambre sur la pointe des pieds, se glisse dans la cuisine… et s'aperçoit qu'elle n'est pas la seule à être matinale.

– Toi non plus, tu ne parviens pas à dormir ? lui demande son père, assis devant une tasse de thé.

– Non, et pourtant je suis fatiguée, répond Azami en s'installant en face de lui.

– Nous n'avons pas eu le temps de beaucoup discuter depuis notre arrivée.

– Moi aussi je pensais qu'on se verrait davantage.

– Je le souhaiterais autant que toi, affirme Okihiro. D'ailleurs, ce soir, je te prépare une surprise.

Il sert une tasse de thé à sa fille sans rien ajouter.

– T… tu ne veux pas m'en dire plus ? bafouille Azami.

– Ce sera un moment décisif pour nous deux, répond son père avec gravité. Mais il faut que tous les éléments soient réunis pour que je puisse t'en parler. Tu vas devoir patienter jusqu'à mon retour.

Il repose la théière, se lève et embrasse sa fille sur le front.

– J'ai un rendez-vous très important aujourd'hui. Je prends mes affaires et je pars au bureau, dit-il avant de quitter la cuisine.

Azami demeure immobile, les yeux fixés sur la place vide qu'occupait son père il y a un instant. Il n'a jamais été aussi sérieux. Que va-t-il se passer ce soir ? Impossible d'attendre toute la journée pour le savoir !

– Betobeto-san, chuchote Azami en se penchant au-dessus de son poignet. J'ai besoin de toi.

Hélas, le yôkaï ne semble pas disposé à lui répondre.

– Betobeto-san ! insiste Azami.

Comme elle n'obtient toujours aucune réponse, elle frappe son bracelet contre la table.

– Sors de là, espèce de yôkaï entêté !

– Hé ! Ho ! Ça suffit ! Maintenant, tu me tutoies et tu te permets de me martyriser !

Betobeto-san se matérialise sur le poignet d'Azami. Il se tient la tête.

– En voilà une façon de me réveiller ! se plaint-il.

– J'ignorais que les yôkaïs dormaient, se moque Azami.

– Et moi, j'ignorais que les jeunes filles bien élevées pouvaient être aussi brutales !

– Il faut que tu m'aides, Betobeto-san. Je voudrais connaître la surprise que me prépare mon père.

– Je suis ici pour te protéger, rappelle le yôkaï, pas pour jouer les espions.

– Si tu es ici, c'est que tu dois un service à ma grand-mère, affirme Azami. Alors, tu dois savoir qu'Obâsan s'intéresse beaucoup à ce que fait mon père, et sa surprise pourrait la contrarier.

– C'est probable, soupire Betobeto-san.

– Donc, si tu découvres ce qu'il manigance avant ce soir, ma grand-mère t'en sera très reconnaissante. Et elle te rendra peut-être ta liberté plus tôt que prévu.

Le yôkaï paraît réfléchir. Azami sait qu'elle vient de trouver son point faible.

– Mon père s'apprête à partir, reprend-elle. Tu peux le suivre sans qu'il le remarque. Je te parie qu'il va utiliser son téléphone d'ici peu et que tu apprendras très vite son secret.

– Et toi ? demande M. Collant-Collant.

– Je te promets de ne pas sortir de l'appartement.

Le yôkaï affiche un air soupçonneux :

– Tu ne chercherais pas à te débarrasser de moi ?

– Si je te mens, tu ne me diras pas ce que prépare mon père, rétorque Azami. Quel intérêt aurais-je à te trahir ?

Betobeto-san acquiesce.

– D'accord. J'y vais.

Le yôkaï redevient presque transparent et, au moment où M. Doï ouvre la porte d'entrée, il s'envole et se glisse sous sa veste. Okihiro remue les épaules, se gratte le dos, rajuste sa veste et sort. Dans sa poche intérieure, Betobeto-san a trouvé la place idéale.

Azami esquisse un petit sourire satisfait et retourne dans la chambre de Myo.

19

– Mmm, ronchonne Myo. Moins de bruit, Azami !

Elle se tourne contre le mur, tire son oreiller vers elle et rabat la couette sur sa tête. Azami aperçoit alors le portable de Myo au bord du lit. Elle referme doucement la porte de la chambre et s'apprête à repousser le téléphone sous l'oreiller afin qu'il ne tombe pas, quand l'écran s'allume.

Azami y jette machinalement un œil.

« Nouveau message – Joan »

La curiosité s'empare d'elle, au point de la pousser à faire une chose dont elle se serait crue incapable. Elle tend une main tremblante vers le téléphone. Son cœur frappe dans sa poitrine comme une balle en caoutchouc qui rebondit du sol au plafond, mais rien ne peut retenir sa main. Elle se referme sur le portable et Azami consulte la liste des messages reçus. Son cœur s'emballe davantage. Elle découvre onze SMS de Joan, tous presque identiques :

« Peux-tu me donner le numéro de portable d'Azami ? Merci »

« STP, as-tu le numéro de portable d'Azami ? »

« As-tu reçu mon dernier SMS ? J'aimerais avoir le numéro d'Azami. Merci d'avance »

Joan a envoyé ses premiers messages hier soir. Il a continué toute la nuit, mais Myo ne lui a pas répondu.

Azami affiche à nouveau le dernier message… et décide d'y répondre. Elle tape son numéro et termine le SMS ainsi :

« Désolée de t'avoir fait attendre. Appelle Azami quand tu veux. Salut »

Et elle l'envoie.

– Mmm ? Qu'est-ce que tu fabriques encore, Azami ? marmonne Myo en sortant la tête de dessous la couette.

– J… je vais déjeuner, répond Azami en cachant le portable dans son dos. Je peux te préparer quelque chose ?

– Laisse-moi dormir !

– Excuse-moi. Je ne souhaitais pas te déranger.

– Trop tard ! réplique Myo avec l'amabilité qui la caractérise. Et maintenant, SILENCE !

Elle plonge le nez dans son oreiller qui étouffe ses grognements. Azami en profite pour replacer le téléphone au bord du lit. Elle se dépêche de sortir et referme la porte un peu trop brutalement au goût de Myo.

– Quelle cruche, celle-là ! s'énerve-t-elle.

Azami n'y prête pas attention. Elle file dans la cuisine et attrape son portable qui vibre déjà. C'est un message de Joan :

« Myo vient enfin de me donner ton numéro. J'ai dû la bombarder de SMS toute la nuit ! Es-tu réveillée ? Dis-moi quand je peux t'appeler… »

Azami répond aussitôt :

« Téléphone-moi quand tu veux »

Elle envoie son message et s'apprête à ranger son portable, quand une voix résonne derrière elle :

– Tu es matinale.

– B… Bonjour, madame Mishima, bafouille Azami en se retournant.

Elle était tellement pressée de lire son SMS qu'elle n'a pas vu la mère de Myo. Celle-ci termine de se verser un café fumant dans un bol.

– Tu as reçu des nouvelles du Japon ? demande-t-elle.

– Euh… non. Pas exactement.

– Ne te crois pas obligée de m'en parler. J'ai l'habitude, tu sais. Myo ne me confie jamais rien.

Azami s'assoit en face de Mme Mishima. Elle affiche un sourire timide, un peu triste.

– C'est un garçon que Myo m'a présenté hier, lui explique Azami. Je suis heureuse de rencontrer un Français et de pouvoir échanger avec lui.

– Il est gentil ?

– J… je ne le connais pas vraiment. Mais j'ai passé un très bon moment en sa compagnie… et il a fait son possible pour que je me sente à l'aise.

Le sourire de Mme Mishima devient moins triste. Ces quelques confidences, qui sont aussi une marque de confiance, paraissent la réjouir. Le téléphone d'Azami recommence à vibrer.

– Oh ! C'est lui ! sursaute-t-elle. Me permettez-vous de répondre, madame Mishima ?

– Bien sûr, s'étonne la mère de Myo. Je vais terminer mon café dans le salon.

– Non ! la retient Azami. Je serais terriblement gênée que vous quittiez votre cuisine ! Et puis, ça ne me dérange pas de lui parler devant vous.

– Alors, dépêche-toi de répondre, dit Mme Mishima en souriant de plus belle.

Azami décroche enfin. La voix de Joan lui effleure l'oreille. Elle se contente de hocher la tête et de murmurer un « oui », puis un second, et un « moi aussi ». Mme Mishima porte sa tasse de café à ses lèvres, et demeure ainsi, immobile. Azami chuchote encore un « oui », un « d'accord », et elle raccroche.

Mme Mishima repose sa tasse, les yeux fixés sur Azami. Celle-ci la regarde également, le cœur battant :

– Il veut qu'on se retrouve au jardin du Luxembourg, à côté de chez vous.

– Parfait ! s'exclame Mme Mishima. Tu es heureuse ?

– O… oui, mais il faut que je réveille Myo pour lui proposer de m'accompagner.

Mme Mishima se retient d'éclater de rire.

– J'ai dit une bêtise ? s'inquiète Azami.

– Non ! Mais je crois que tu ferais mieux de la laisser dormir. Myo n'aime pas se lever de bonne heure. File à ton rendez-vous et, si elle se réveille, je lui dirai où te rejoindre.

– Oh ! Merci, madame !

– C'est moi qui te remercie, Azami.

– Pourquoi ?

– Pour rien. Mais ton père a beaucoup de

chance d'avoir une fille comme toi. Allez, file maintenant.

Azami attrape sa veste et quitte l'appartement.

Dans la cuisine, un sourire continue d'éclairer le visage de Mme Mishima.

– Cette Azami est un vrai rayon de soleil, murmure-t-elle en se resservant un peu de café.

Objet : Il y a des oreilles aux murs

De : obasan@yahoo.co.jp

Date : 13 avril 15:19

À : okihirodoi@yahoo.co.jp

Mon cher fils,

Maintenant, je sais ce que tu mijotes ! Tu aurais dû te douter qu'il était impossible de me cacher la vérité. Et je ne suis hélas pas vraiment surprise que tu agisses ainsi. Un bon et loyal yôkaï m'a appris que ce voyage n'était qu'un prétexte pour éloigner Azami de moi. Il m'a aussi révélé ton véritable but. Ton comportement est honteux ! Rappelle-toi que j'élève ta fille depuis qu'elle est enfant. C'est toi qui es parti. C'est toi qui me l'as laissée. Me manquerais-tu à ce point de respect pour l'oublier ?

Ton travail t'a rendu présomptueux. Tu penses connaître ta fille mais tu ne la regardes qu'à travers toi-même, ton monde et ta réussite. Tu fais partie de ces gens qui voient toujours le riz plus blanc chez le voisin. Mais Azami n'est pas ainsi. Tu te trompes lourdement et tu vas au-devant d'une grande déception. Tu ne réussiras qu'à la rendre malheureuse. Alors, ressaisis-toi et suis mon conseil : renvoie Azami au Japon la semaine prochaine, comme convenu.

Obâsan

20

Joan est assis sur un banc, au pied des vieux tilleuls du jardin du Luxembourg. Il est encore tôt et les promeneurs sont rares dans les allées. Dès qu'il aperçoit Azami, le jeune garçon se lève pour l'accueillir.

– Super ! Je suis content de te revoir.

Azami croise son regard et, sans baisser les yeux, elle murmure :

– Moi aussi, ça me fait très plaisir.

– Hé ! Tu as complètement changé de style, remarque-t-il. La dernière fois, tu étais habillée de façon plus… voyante !

– Myo m'avait prêté quelques-uns de ses vêtements. Mais je préfère mon jean et mes tee-shirts.

– Ça te va très bien également, affirme Joan.

Azami est heureuse de constater que Joan n'est pas un garçon qui s'en tient aux apparences. Il est sincère et, avec lui, elle se sent elle-même. Pourtant, elle le connaît à peine et s'étonne d'être aussi téméraire et audacieuse, elle qui d'ordinaire est si réservée. Jamais elle n'a ressenti ça.

– On peut faire le tour du jardin, lui propose Joan.

Azami accepte et ils commencent à marcher à quelques centimètres l'un de l'autre. Joan lui sourit. D'abord silencieux, il lui pose ensuite quelques questions sur sa vie au Japon. Il s'exclame joyeusement à chacune de ses réponses et l'encourage à poursuivre. Azami se raconte, décrit sa vie, son village, sa grand-mère, son collège.

– J'adore t'entendre parler, lui confie Joan.

– Tu es courageux de m'écouter, répond Azami, car je dois avoir un accent horrible et faire beaucoup de fautes de français.

– Pas du tout ! affirme le jeune garçon. Au

contraire, tu parles super bien français… et ton accent est très joli. Ta voix aussi d'ailleurs.

Azami rougit.

– Allons par ici, reprend Joan en désignant une allée qui débouche sur une petite place circulaire.

– Oh ! Un théâtre ! s'étonne Azami.

– On y joue un spectacle de marionnettes plusieurs fois par jour, explique Joan.

Azami s'approche du carrousel et lit le panneau qui annonce la pièce.

– Guignol ? Qu'est-ce que c'est ?

– Euh… une belle histoire d'amour, invente malicieusement Joan.

– Tu la connais ?

– Oui. C'est l'histoire d'un garçon qui tombe amoureux d'une belle jeune fille très gentille. Mais ils disposent de très peu de temps pour se connaître car elle doit repartir chez elle, dans un pays lointain.

– C'est un peu triste pour les enfants, non ? s'étonne Azami.

– Pas vraiment, car le garçon va proposer à la jeune fille de la rejoindre plus tard.

– Il est capable de faire ça pour elle ?

– Évidemment ! Il est amoureux ! Mais il se demande si elle l'attendra.

Azami se garde bien de faire un commentaire. Elle prend seulement un petit air surpris et lance :

– Eh ben, pourquoi t'arrêtes-tu ? C'est toi qui connais cette histoire. Pas moi.

Joan éclate de rire.

– Tu as raison, dit-il.

Il reprend son récit en marchant dans les allées du jardin aux côtés d'Azami. Quelques dizaines de mètres plus loin, ils sont si proches que leurs mains se touchent. Joan saisit doucement celle d'Azami qui la lui abandonne volontiers.

Après avoir achevé le tour du parc, ils passent à nouveau devant le banc qu'ils avaient quitté un peu plus tôt et s'y assoient.

– Je me demande si cette histoire de Guignol

est la bonne, dit Azami avec malice. Je crois que je vais lancer une petite recherche sur Internet en rentrant.

– Ce n'est peut-être pas la version exacte, avoue Joan, mais je la préfère à l'originale. Et toi ?

– C'est en effet une belle histoire, très romantique, et le jeune homme semble sincère. Seulement…

Le regard de Joan laisse Azami sans voix. Ses yeux aimantent les siens. Impossible de s'en détacher. Ce garçon doit avoir un talent d'hypnotiseur… ou bien c'est autre chose, un sentiment qui empêche Azami de lutter.

Lentement, elle avance son visage vers celui de Joan.

Elle sait qu'elle ne devrait pas céder à la tentation, mais rien n'est en mesure de l'arrêter. Ses lèvres se rapprochent de celles du garçon et elle s'apprête à fermer les yeux pour savourer ce baiser… quand un horrible goût remonte du fond de sa gorge et envahit sa bouche ! De l'ail !

Un relent d'ail absolument écœurant ! Azami plaque sa paume contre sa bouche pour ne pas laisser l'odeur s'échapper, et les lèvres de Joan rencontrent le dos de sa main.

– Ben… que se passe-t-il ? s'étonne le garçon.

Azami s'écarte de lui, la main toujours pressée contre sa bouche et les yeux ronds : la silhouette translucide de Betobeto-san vient d'apparaître. Il est tranquillement installé sur l'épaule de Joan. Ce maudit yôkaï s'amuse à donner à Azami une haleine qui ferait tomber raide mort un vampire.

– Réponds-moi, supplie Joan avec un regard triste. J'ai fait quelque chose qui t'a déplu ? Tu ne partages pas mes sentiments ?

Azami agite la tête de droite à gauche. Puis elle se lève d'un bond et quitte le parc en courant !

21

– Ah ! Te voilà, s'exclame Myo dès qu'Azami pousse la porte de l'appartement. Je venais justement te chercher, sale traîtresse !

– Laisse-moi t'expliquer, supplie Azami. Il ne s'est rien passé entre Jo…

– Ah ! Mais tu as une haleine de chacal ! s'écrit Myo. Dans ta campagne, on se brosse jamais les dents avant d'aller draguer ?

Azami plaque cette fois ses deux mains sur sa bouche. Myo l'a tellement surprise qu'elle en a oublié ce terrible goût d'ail qui lui remonte jusque dans les narines. Sans attendre, elle fonce dans la salle de bains et s'y enferme.

– Hé ! Je n'en ai pas terminé avec toi, espèce de lâche ! proteste Myo.

Azami, elle, étale déjà une double dose de dentifrice sur sa brosse à dents en maudissant

Betobeto-san. Ce dernier apparaît justement sur son poignet avant de sauter sur le bord du lavabo :

– Tu as ce que tu mérites, dit-il. Tu m'as envoyé espionner ton père pour rejoindre ce garçon !

– Mmmmnoooo ! proteste Azami, la bouche pleine de dentifrice.

– Inutile de mentir davantage, l'interrompt le yôkaï. Joan est le petit ami de Myo et ton comportement est scandaleux ! Tu sèmes la zizanie entre eux. Tu devrais avoir honte !

– Mmmaai-airienfffait !

– Pour commencer, arrête de cracher du dentifrice partout ! se fâche Betobeto-san. Ensuite, si tu n'as rien fait, c'est parce que je suis intervenu. Si je n'étais pas revenu à temps, tu l'aurais embrassé ! Mon Dieu ! Tu imagines la catastrophe ? Ta grand-mère m'aurait tué ! C'est certain, elle ne me l'aurait jamais pardonné…

Pendant que le yôkaï continue de se lamenter,

Azami se rince la bouche, puis elle le coupe :

– Myo n'est jamais sortie avec Joan. Elle prend ses rêves pour la réalité. D'accord, les choses sont allées un peu vite au parc. Je ne sais pas ce qui m'a pris… mais je n'ai rien à me reprocher. Je n'ai pas volé le petit ami de Myo !

Cette dernière frappe alors à la porte de la salle de bains :

– Ouvre ! J'ai à te parler, et tu vas m'écouter !

– Je suppose que tu es pressée de lui expliquer tout ça, chuchote Betobeto-san avec une pointe d'ironie.

– Je te répète que c'est elle qui s'imagine des trucs, réplique Azami.

– Ça ne te donne pas le droit de la blesser. D'ailleurs, si tu veux vraiment savoir ce qu'elle pense de tout cela, lis son journal intime.

– Hein ? Quel journal ?

– Celui qui est caché sous le tiroir du lavabo. Jette un œil si tu ne me crois pas.

Le tiroir s'écarte du meuble et vient taper dans le genou d'Azami. Elle passe la main en dessous : il y a bien un cahier retenu par deux élastiques.

– Mais c'est son carnet secret ! murmure Azami. Ça ne se fait pas !

– Ah ! Ah ! Tu n'es pas la mieux placée pour donner des leçons de savoir-vivre, rétorque Betobeto-san.

– Je te répète que…

– Tu aimerais que ton père sache ce que tu t'apprêtais à faire au parc ?

– Non ! Mais…

– C'est donc que tu n'as pas la conscience tranquille, affirme le yôkaï en commençant à disparaître.

– Attends ! le supplie Azami. Et à propos de mon père, tu sais ce qu'il me prépare comme surprise, ce soir ?

– Bien sûr. C'est d'ailleurs pour cela que je suis revenu. Seulement, ne compte pas sur moi pour te le dire.

Sur ces mots, il se volatilise dans un nuage de fumée aussitôt absorbé par le bracelet.

– Azami ! Ouvre-moi ! continue de plus belle Myo en martelant la porte de ses poings.

Azami repousse le tiroir avant de déverrouiller la porte.

22

Calmer Myo n'est pas une mince affaire. D'ailleurs, elle ne l'est toujours pas complètement. Après avoir traité Azami d'une suite ininterrompue de noms qui ont considérablement enrichi le vocabulaire de cette dernière, elle est partie dans sa chambre. Sa mère, alertée par ses cris, vient rejoindre Azami.

– Myo a toujours été très… impulsive, lui confie-t-elle.

– Vous pensez qu'elle me pardonnera un jour ?

– Mais tu n'as rien à te reprocher, Azami.

– Myo est très gentille de m'accueillir chez elle, et c'est à moi, en tant qu'invitée, de ne rien faire qui puisse la déranger.

– Ma fille est une spécialiste quand il s'agit

de créer des problèmes. Ne t'inquiète pas. Ça lui passera.

– Non, madame Mishima, je dois réparer le mal qui a été fait. Je vais aller m'excuser.

La mère de Myo hausse les épaules :

– À ta place, je ne ferais pas ça… mais je te souhaite bonne chance. Bon, je sors faire les courses pour le repas de ce soir. Ça ne te dérange pas de garder un œil sur Charline ? Elle joue dans sa chambre.

– Bien sûr que non, répond Azami. Je suis très fière de la confiance que vous me témoignez.

Mme Mishima reste un instant les yeux fixés sur elle, avant de lui demander :

– Dis-moi, Azami, tous les enfants sont comme toi, au Japon ?

– Comme moi ? Excusez-moi, je ne comprends pas votre question.

– C'est sans importance, soupire-t-elle. Je serai de retour dans deux heures. Merci pour Charline.

Elle attrape sa veste et ses clés de voiture, puis sort de l'appartement.

Azami, elle, se dirige vers la chambre. Elle prend une grande inspiration avant d'y entrer.

Myo, assise à son bureau, se retourne aussitôt et la fusille du regard.

– Qu'est-ce que tu viens encore faire ici ? lui lance-t-elle. Tu as vraiment décidé de me pourrir la vie ?

– Écoute-moi, s'il te plaît, insiste Azami. Je vais tout te raconter.

– Tout ? s'intéresse immédiatement Myo.

– Je n'ai rien à te cacher.

– Alors vas-y.

Azami lui avoue qu'elle a répondu à sa place pour donner son numéro de téléphone à Joan ; Myo crispe les poings. Elle lui décrit ensuite son rendez-vous avec Joan au jardin du Luxembourg et leur longue discussion ; Myo serre les dents et s'empourpre. Puis Azami lui explique avec beaucoup d'honnêteté que Joan a failli l'embrasser ; là, Myo explose !

– Sale petite allumeuse ! C'est toi qui tournes autour de lui ! Tu fais ton grand numéro de charme, tu joues la pauvre fille qui débarque de sa campagne, mais, en réalité, c'est simplement pour que les garçons s'intéressent à toi ! Et comme Joan est super sensible, ça marche !

– Non ! Tu te trompes, Myo !

– Ne te fatigue pas. Je vois très clair dans ton jeu.

– Myo, tu ne sors pas avec Joan. Et il semble plus attiré par moi que par toi. C'est peut-être l'occasion d'accepter que tu fais fausse route en t'accrochant à lui.

– Ha ! Ha ! Bien sûr ! Comme ça, la voie sera libre pour toi ! Tu me prends pour une idiote, ma parole !

– P… pas du tout. J… je dis ça pour t'éviter d'être malheureuse.

– Moi ? Malheureuse ? Pfff ! Tu as réussi à embobiner Joan car il est trop gentil, mais il va très vite comprendre ton manège. Et puis, franchement, tu t'es regardée ? Tu n'as aucun style, aucune personnalité, tu ne sais même pas te maquiller. Et tes fringues ! Tu as vu ces couleurs ? Je me demande si tu n'es pas daltonienne.

Azami baisse la tête. Mme Mishima avait raison, elle n'aurait pas dû venir s'excuser. Pour Myo, c'est juste une preuve de faiblesse dont elle s'empresse de profiter.

– J... je vais te laisser tranquille, bafouille Azami.

– C'est ça. Va-t'en ! Pars d'ici ! Pars de chez moi ! Je n'aurais jamais dû accepter que tu viennes ici !

Azami sort de la pièce, les larmes aux yeux. Elle espérait sincèrement se réconcilier avec Myo. Hélas, c'est impossible.

La tête de Charline apparaît alors dans l'encadrement de la porte de la chambre voisine.

– C'est Myo qui fait sa crise ? interroge-t-elle.

– Elle est fâchée contre moi, lui explique Azami.

– Oh ben c'est pas grave. Elle est aussi souvent fâchée contre moi. Faut pas pleurer pour ça.

Azami sourit. Elle renifle, essuie ses larmes et rejoint Charline.

– Je peux entrer ? Ta maman m'a demandé de te surveiller pendant qu'elle est partie faire les courses.

– Une baby-sitter rien que pour moi ! Chouette ! s'exclame Charline. Tu vas jouer avec moi ?

– Bien sûr, répond Azami en prenant la main que la petite fille lui tend.

23

Pour une fois, le père d'Azami a quitté son travail de bonne heure. À dix-neuf heures tapantes, il entre dans l'appartement avec M. Mishima. Azami se précipite pour l'accueillir.

– Génial ! Tu es déjà là ! s'exclame-t-elle. Tu vas enfin pouvoir me dire…

Azami ne termine pas sa phrase. M. Mishima et son père sont accompagnés d'une femme qu'elle n'a jamais vue. Elle porte un tailleur qui souligne avec élégance ses formes un peu rondes, et des lunettes aux montures épaisses encadrent ses yeux pétillants. Ses cheveux bruns, coupés au carré, s'accordent parfaitement avec son sourire jovial.

– Oh ! Désolée, s'excuse Azami. Enchantée, madame.

– Ne sois pas désolée, Azami, la rassure la femme. Il est naturel que tu sois heureuse de revoir ton père. Je m'appelle Floriane, et je travaille avec lui.

Cette femme s'adresse à elle comme si elle la connaissait déjà. Les questions se bousculent dans la tête d'Azami. Qui est-elle ? Depuis quand est-elle une collègue de son père ? Pourquoi vient-elle ici ?

Azami aimerait avoir le culot de Myo et poser toutes ces questions. Mais il serait impoli de se montrer curieuse.

– Mon père a beaucoup de chance de travailler avec une personne comme vous, se contente-t-elle de dire.

– Et ton père a beaucoup de chance d'avoir une fille comme toi, répond Floriane qui semble parfaitement maîtriser les formules de politesse japonaises.

Azami en déduit qu'elle connaît peut-être son père depuis longtemps.

– Je suis déjà venue dans ton pays, confirme

Floriane, et j'en garde de délicieux souvenirs. Et toi ? Tu es en France pour la première fois, je crois ?

Azami hoche la tête. À présent, elle sait que son père a parlé d'elle avec cette femme. Floriane ne se montre pas aussi discrète qu'une vraie Japonaise.

– Nous allons tout t'expliquer, intervient Okihiro.

Il devine sans mal les pensées de sa fille et il ne tient pas à mettre sa patience à l'épreuve plus longtemps.

– Passons d'abord à table, propose alors M. Mishima. Cette bonne odeur de beignets nous ouvre l'appétit.

– Je vous ai préparé des tempuras avec des nouilles dont vous me direz des nouvelles, annonce sa femme en sortant de la cuisine. Myo ! Charline ! À table !

Okihiro adresse un clin d'œil complice à sa fille comme pour lui dire : « Tiens bon, ça ne va plus être long. »

Chacun s'installe dans la salle à manger. Charline rejoint les invités en courant et s'assoit d'autorité à côté d'Azami, en jetant un petit regard en coin à son père. Ce dernier, qui prévoyait un autre plan de table, s'apprête à intervenir, mais Mme Mishima se penche vers lui.

– Laisse-la, lui chuchote-t-elle à l'oreille. Azami l'a gardée cet après-midi et, depuis, Charline ne veut plus se séparer d'elle.

– Très bien, cède M. Mishima en haussant les épaules.

Rassurée, Charline quitte son air buté et retrouve le sourire. Une fois tout le monde assis, Myo arrive enfin en traînant les pieds.

– Oh non, pas des tempuras aux nouilles ! lâche-t-elle quand sa mère pose le plat sur le plateau en bois laqué déjà installé sur la table. On ne va pas encore manger japonais ! J'ai horreur de ça !

– Si tu préfères, il y a du jambon et des frites.

– Des frites ! Des frites ! s'exclame Charline. J'en veux aussi.

– Tu n'aimes pas les nouilles japonaises ? lui demande Azami.

– Ben si, mais…

– Des frites, tu peux en manger tous les jours, alors que des tempuras et des bonnes nouilles comme celles qu'a préparées ta maman, c'est pour les jours de fête !

– Ouais, c'est la fête !

– Exactement, Charline. C'est la fête.

– Je veux des nouilles ! Des nouilles ! Et des tempuras.

– Azami, je t'embauche définitivement comme baby-sitter, s'exclame Mme Mishima en remplissant l'assiette de Charline.

– Tu as un don avec les enfants, la félicite Floriane.

– Bravo ! renchérit Okihiro. Te voilà en France depuis quelques jours seulement et tu as déjà décroché un travail !

Sous cette avalanche de compliments, Azami se détend un peu. Elle saisit son bol qu'elle place sous son menton et, dans un grand bruit d'aspiration, de sifflement et de claquement de langue, elle avale ses nouilles d'un coup de baguettes. Mais elle sent tous les regards braqués sur elle et relève timidement les yeux vers son père.

– Contrairement à nous, explique-t-il, les Français mangent leurs nouilles dans la plus grande discrétion !

Azami devient écarlate. Et c'est Charline qui vient à son secours.

– Moi, je la trouve chouette leur façon de manger aux Japonais !

Et elle aspire ses nouilles avec encore plus de bruit.

Tout le monde éclate de rire, sauf Myo. Au-dessus de son assiette de frites, elle lance un regard assassin à Azami.

24

Juste avant le dessert, Okihiro pose sa serviette à côté de son plateau et se lève.

– Azami, le moment est venu de te révéler la surprise dont je t'ai parlé.

– Tu vas avoir un cadeau, chuchote Charline.

– Je n'en suis pas sûre, lui répond Azami.

– Je souhaitais que nos amis soient présents pour t'annoncer cette grande nouvelle, reprend son père. Une nouvelle qui va changer notre vie.

Floriane se lève à son tour et Okihiro lui saisit la main. Azami sent sa gorge se serrer. Elle reconnaît bien son père, secret, capable de cacher ses émotions, puis de tout révéler du jour au lendemain. Comment a-t-il rencontré cette femme ? Elle a dit être déjà venue au Japon. Quand était-ce ?

– Azami, mes amis, poursuit Okihiro, j'ai le plaisir de vous annoncer que Floriane et moi allons nous marier cet été !

M. et Mme Mishima s'empressent de féliciter les futurs époux.

– Chouette, un mariage ! s'écrie Charline. Ce sera la fête et on mangera encore des nouilles et des tempuras !

Tout le monde partage son enthousiasme, sauf Floriane qui garde les yeux fixés sur Azami. Celle-ci le remarque et s'efforce d'esquisser un sourire. Elle fait de son mieux pour paraître heureuse de cette nouvelle.

– J… je suis ravie pour toi, papa, parvient-elle à bafouiller. J… je ne m'y attendais pas du tout.

– Bien entendu ! plaisante Okihiro. Sinon, cela n'aurait rien eu d'une surprise !

Les rires fusent et se répondent. Floriane s'approche d'Azami et pose sa main sur son épaule.

– J'imagine que c'est difficile pour toi, lui confie-t-elle. Ne t'inquiète pas. Je peux comprendre.

Les larmes aux yeux, incapable de prononcer un mot, Azami remercie Floriane d'un signe de tête.

– Super ! intervient Myo. Et quand allez-vous habiter tous ensemble ?

– Myo ! s'offusque Mme Mishima.

– C'est bon ! réplique sa fille. Je dis juste ça parce qu'Azami doit être pressée de mieux connaître sa future belle-mère.

– C… c'est vrai, se sent obligée de confirmer Azami.

Son père affiche un large sourire.

– Ça tombe bien, reprend-il, car Floriane propose de nous accueillir dans son appartement dès ce soir. Elle a préparé une chambre spécialement pour toi, Azami.

– Je veux pas qu'Azami s'en aille ! sanglote Charline.

– Je n'habite pas très loin d'ici, la rassure Floriane. Maintenant qu'Azami est ta baby-sitter attitrée, tu la verras souvent !

Pour apaiser ses craintes, Azami prend

Charline dans ses bras. Myo, elle, se moque de sa petite sœur.

– T'es vraiment qu'une pignouse !

– C'est même pas vrai !

Okihiro réclame le silence et, sur un ton solennel, il s'adresse à Azami :

– Eh bien, ma fille, qu'en dis-tu ?

Azami embrasse tendrement Charline avant de répondre :

– C'est une surprise formidable, papa, et je suis très heureuse d'aller habiter chez Floriane. J... je vais tout de suite préparer ma valise.

– Ouf ! Je suis soulagé, se réjouit Okihiro. J'avais peur que tu le prennes mal.

– Allons ! intervient Mme Mishima. Ne dites pas de sottises. Vous savez très bien que votre fille est adorable et très compréhensive.

Azami console une dernière fois Charline et se lève, sous une pluie de compliments. Gênée, elle baisse la tête en passant à côté de Myo.

– Bon débarras, lui murmure celle-ci. Boucle ta valise et casse-toi.

Azami fait semblant de n'avoir rien entendu. Mais une fois sortie de la pièce, elle se précipite dans la salle de bains.

Extrait du journal de Myo • 27 mars

Aujourd'hui, j'ai rencontré un garçon génial ! Il s'appelle Joan. Dès que je l'ai vu, j'ai pensé : c'est lui ! J'ai oublié tout le reste, mes parents débiles, ma petite sœur casse-pieds, les profs rabat-joie. Tout ! La vie ressemblait soudain à un endroit magique, merveilleux, comme une boutique de fringues le premier jour des soldes.

Il est vraiment super, super, super mignon. J'ai fait le nécessaire pour qu'il comprenne bien que je m'intéressais à lui. J'ai éclaté de rire à chacune de ses blagues, je lui ai lancé mon regard qui ferait fondre un iceberg sans l'aide du réchauffement climatique et, le plus important, je lui ai donné mon numéro de portable. Il ne me reste plus qu'à attendre son appel.

D'ailleurs, je commence à trouver le temps long... À mon avis, Joan n'a plus de batterie.

Objet : Azami
De : okihirodoi@yahoo.co.jp
Date : 14 avril 23:16
À : obasan@yahoo.co.jp

Chère mère,

Je vous remercie pour votre dernier message. Hélas, je doute de pouvoir vous donner satisfaction. J'aurais préféré parler de tout cela avec vous et Azami au Japon. Mais je souhaitais que ma fille puisse rencontrer celle que j'ai décidé d'épouser. Elle ne remplacera jamais sa mère mais elle deviendra peut-être quelqu'un d'important pour Azami, et il était indispensable que nous puissions nous réunir tous les trois.

J'ignore ce que vous pensez savoir et comment vous pouvez deviner ce que je souhaite vous cacher. Mais apprenez que je l'ai fait dans l'intérêt de ma fille. Je vous demande seulement de ne pas intervenir et de nous laisser encore un peu de temps.

Votre fils, Okihiro

25

Azami est installée dans l'appartement de Floriane depuis trois jours et, à sa grande surprise, elle s'y sent parfaitement bien. La compagne de son père a même pris trois après-midi de congé pour passer du temps avec elle. Ensemble, elles ont visité Montmartre, remonté la Seine en bateau-mouche, flâné dans les marchés aux puces, sans oublier l'inévitable ascension de la tour Eiffel ! Mais, surtout, elles ont beaucoup discuté.

Aujourd'hui, Azami en est certaine : Floriane aime son père.

Ils se sont rencontrés lors du premier voyage d'Okihiro en France et se sont plu immédiatement. Elle travaille pour IB Informatique, l'entreprise partenaire de Musibuti en France, et elle a évidemment été volontaire pour se rendre au Japon quand l'occasion s'est présentée.

– Ton père est quelqu'un de bien, répète Floriane en descendant du taxi qui les ramène à l'appartement. Je sais qu'il est peu présent depuis la mort de ta mère, mais c'est son travail qui l'en empêche. Au Japon, les employés de Musibuti doivent se dévouer entièrement à leur société. C'est ainsi. Les intérêts individuels passent après.

– C'est différent ici ? demande Azami.

– Oui. Nous travaillons aussi beaucoup, mais la culture et les lois ne sont pas les mêmes en France.

– Vous pouvez par exemple prendre des congés pour vous promener avec moi.

– Exactement, Azami. Mais crois-moi, ton père aimerait avoir davantage de temps avec toi. Il t'adore. Il m'a tant parlé de toi à chacune de nos rencontres que, la première fois que je t'ai vue, j'avais l'impression de te connaître !

– Je suis heureuse de l'apprendre. Vos paroles me réconfortent.

Azami entre la première dans l'appartement, mais elle s'arrête au milieu du vestibule et se retourne vers Floriane. Elle réunit tout son courage pour lui poser la question qui la tracasse depuis trois jours.

– Si vous l'aimez tant, vous devez être malheureuse de ne pas le voir plus souvent.

– Oh oui ! répond spontanément Floriane. Il me manque.

– Moi aussi, il me manque, lui confie Azami.

Floriane lui caresse doucement la joue. Ses doigts sont si doux qu'Azami ferme les yeux.

– Vous viendrez vivre au Japon avec lui après le mariage ? demande-t-elle.

Floriane demeure silencieuse.

Azami rouvre les yeux.

– Pourquoi ne me répondez-vous pas ?

– J… je préférerais que tu en parles avec ton père. Il va bientôt rentrer.

Le téléphone sonne alors. Floriane, visiblement soulagée, s'excuse et file dans le salon pour décrocher. Azami s'adosse à la porte d'entrée. Elle commence à entrevoir ce que prépare son père. Elle n'en est pas encore certaine, mais le simple fait d'y penser lui donne la chair de poule. Elle a l'impression d'être assise sur un château de cartes au moment où quelqu'un s'amuse à ouvrir les fenêtres pour provoquer un courant d'air.

La voix de Floriane résonne dans l'appartement et Azami tend l'oreille.

– Bien sûr… je comprends. Ne t'inquiète pas… Je t'embrasse… À tout à l'heure.

Elle raccroche et revient près d'Azami.

– C'était ton père. Il est retenu au bureau. Il doit rendre un rapport pour demain matin. Il sera ici vers vingt-deux heures.

Azami s'affaisse un peu plus contre la porte.

Son air abattu ne laisse pas Floriane indifférente. Elle s'approche et se penche à sa hauteur.

– Je vais répondre à ta question, lui murmure-t-elle à l'oreille. Je pense que ton père ne m'en voudra pas.

Elle prend Azami par la main et l'entraîne dans la cuisine :

– Ce n'est pas moi qui m'installerai au Japon, lâche-t-elle. C'est ton père qui va rester en France.

– M… mais c'est impossible ! s'exclame Azami. On doit rentrer ensemble au Japon dans deux jours !

Floriane s'assoit et lui explique qu'Okihiro termine ce soir son travail pour Musibuti. Il sera désormais employé par IB Informatique. Les deux sociétés veulent ainsi marquer leur collaboration.

– En France, les conditions de travail seront meilleures. Okihiro aura davantage de vacances et pourra récupérer ses heures supplémentaires. Ce sera une autre vie pour lui. Il aura enfin plus de temps.

– Plus de temps pour vous ! Moi, je ne le verrai plus !

– Nous y avons pensé, Azami. Aussi, ton père et moi aimerions que tu vives en France avec nous. Tu pourrais aller au même collège que Myo.

Azami laisse ses bras pendre le long de son corps. Les sentiments se mélangent et s'entre-choquent dans son esprit.

« Voilà pourquoi mon père m'a payé des cours de français supplémentaires cette année », songe-t-elle.

Floriane lui sourit. Elle prononce des mots rassurants qu'Azami entend mais oublie aussitôt. Dans sa tête, une seule phrase résonne à présent : « Vivre en France avec papa. » Il y a quelques jours encore, ces deux choses lui semblaient aussi improbables l'une que l'autre.

– Je peux utiliser l'ordinateur ? demande soudain Azami.

– Bien sûr, répond Floriane. Fais comme chez toi… D'ailleurs, tu es chez toi.

Azami retient ses larmes, salées de bonheur ou de peine, elle n'en sait rien. Mais elle les garde au fond de ses yeux afin de ne pas affoler l'amie de son père, sa future belle-mère.

Objet : De pire en pire

De : azami@yahoo.co.jp

Date : 16 avril 17:02

À : obasan@yahoo.co.jp

Grand-mère,

Papa m'avait caché le véritable but de ce voyage. Je viens de l'apprendre, et j'en tremble encore. J'arrive à peine à taper ce message tellement je suis émue. Pour commencer, il faut que tu saches qu'il se remarie cet été avec une Française. Elle s'appelle Floriane. C'est une personne très attentionnée et je crois qu'elle m'aime bien. Mais papa travaille maintenant avec elle pour la même société, et il ne rentrera pas au Japon. Il va vivre en France ! Et ce n'est pas tout : il veut que je reste avec lui à Paris. Pour toujours.

Grand-mère, je ne sais pas quoi faire.

Je t'en prie, réponds-moi. J'ai besoin de toi. Ne me laisse pas tomber.

Azami

26

Azami laisse sa messagerie ouverte mais, pour l'instant, elle ne reçoit aucune réponse. Il est minuit au Japon et il y a peu de chance qu'Obâ-san soit devant son ordinateur.

Azami est seule dans le bureau, et les pensées se bousculent dans sa tête.

– Betobeto-san, murmure-t-elle. Apparais, s'il te plaît.

Elle ne l'a pas vu depuis deux jours et, sans prétendre qu'il lui manque, elle aimerait bien discuter un peu avec lui.

– Betobeto-san, répète-t-elle. Je t'en supplie !

Aucun signe du yôkaï.

L'envie de frapper son bracelet contre le bord de la table la démange, mais elle risquerait de mettre M. Collant-Collant de mauvaise humeur. Aussi Azami opte-t-elle pour une autre solution.

– Beto, sois sympa, chuchote-t-elle en caressant doucement le bracelet du bout de son index. Je dois te parler.

Un petit rire nerveux retentit et le yôkaï apparaît en se tortillant.

– Arrête avec ton doigt ! Ça me chatouille !

– J'imagine que tu sais ce qui se passe ?

Betobeto-san croise les bras sur son gros ventre et prend un air outré :

– Évidemment !

Puis il ajoute à voix basse :

– Mais je n'ai pas le droit de te parler.

– Quoi ?

– Chuuut ! Si ta grand-mère découvre que je me suis montré, je vais avoir de sérieux problèmes.

– Pourquoi fait-elle ça ? Elle ne répond même plus à mes messages.

– Elle refuse de t'influencer. Elle préfère te laisser faire tout ce que tu veux afin que tu choisisses librement de rester en France ou de revenir au Japon. Et je suis censé faire pareil. Alors, salut !

– Beto ! Attends ! Juste une dernière question !

Le yôkaï gonfle ses joues et soupire :

– Engage-toi d'abord de ne plus chercher à me faire apparaître.

– Je le jure.

– C'est bon. Que désires-tu savoir ?

– Ben… Qu'est-ce que tu ferais à ma place ?

– Justement, je ne suis pas à ta place. Quelle que soit ta décision, Obâsan a promis de me libérer pour que je puisse retourner dans la forêt du mont Kaïdo. Mais si elle apprend que je t'ai influencée, elle est capable de me contraindre à rester dans ce pays avec toi ! Rien que d'y songer, j'en ai des frissons.

– Si tu étais à ma place, tu rentrerais donc au Japon, en déduit Azami.

– Mais moi je suis un yôkaï ! Je suis fait pour vivre à l'endroit où je suis né, parmi les autres yôkaïs. Vois-tu des yôkaïs, ici ?

– Non.

– Vois-tu même des gens qui croient aux yôkaïs ?

– Euh… non.

– Voilà pourquoi je veux retrouver ma forêt, mes bambous, le son des ruisseaux qui dévalent la montagne, les lucioles dans le clair de lune et tous ces gens qui respectent les esprits. Mais toi, tu peux vivre sans tout ça. C'est pour cela qu'Obâsan pense que le moment est venu pour toi d'effectuer tes propres choix. Elle agit avec sagesse.

Azami demeure un instant silencieuse. Betobeto-san et sa grand-mère ont raison. Aujourd'hui, personne ne peut décider pour elle.

– Bonne chance, lui dit encore le yôkaï. À partir de maintenant, je ne veille plus sur toi.

Et il disparaît.

Azami se sent seule. Terriblement seule. Elle aurait préféré mille fois qu'Obâsan lui ordonne de rentrer au Japon par le premier avion. Ou bien que son père l'oblige à rester avec lui en

France. Au lieu de ça, elle doit choisir… et elle a l'impression que tout le monde l'abandonne.

Si grandir, c'est prendre soi-même ses décisions et en assumer les conséquences, Azami rajeunirait volontiers de deux ou trois années !

Elle sursaute en entendant la sonnerie de son portable. Le numéro de Joan s'affiche sur l'écran. Elle hésite un instant… puis elle décroche.

Extrait du journal de Myo • 12 avril

J'ai vécu la pire journée de ma vie.

Azami. Rien que son prénom me donne la nausée. Je la déteste !

Il paraît que sa grand-mère est une sorte de sorcière. C'est mon père qui m'a raconté ça (pour une fois qu'il dit quelque chose d'intéressant). Azami a sûrement utilisé une potion pour envoûter Joan. Sinon, comment pourrait-il être attiré par une fille pareille ? C'est impossible.

Grrr ! Je la hais ! Je venais de trouver un garçon génial et elle me le pique ! Sous mon nez ! Quand je pense que la semaine dernière, Joan était prêt à m'embrasser. Il m'avait entraînée à l'écart des autres, sous les grands arbres. J'étais à deux doigts de céder mais j'ai refusé, pour la forme. Je voulais qu'on prenne le temps, et surtout ne pas passer pour une fille facile.

Quelle idiote ! J'aurais dû accepter.

Maintenant, cette sorcière d'Azami va prendre ma place !

27

Joan n'a eu aucun mal à convaincre Azami de le rejoindre au jardin du Luxembourg. De son côté, Azami a expliqué à Floriane qu'elle avait besoin de sortir pour réfléchir à la décision qu'elle devait prendre. La compagne de son père ne s'y est pas opposée. Elle lui a seulement demandé de l'appeler en cas de problème et Azami lui a promis de ne pas s'éloigner du quartier.

Et c'est la vérité ! Le jardin du Luxembourg n'est qu'à une dizaine de minutes à pied. En apercevant les grilles, Azami sent son cœur s'emballer. Cette fois, elle sait que Betobeto-san n'interviendra pas.

– Salut, Azami.

Joan l'attendait près de l'entrée du parc. Il la

regarde en souriant et elle se jette dans ses yeux. Impossible de s'en détacher.

« Ce garçon possède un pouvoir, pense-t-elle. Il est plus envoûtant qu'un vampire ! »

Ce moment lui rappelle un film ou un livre, sans parvenir à se souvenir duquel. Toutes ses idées se mélangent et forment un cocktail inconnu, mais pas désagréable.

– Je suis vraiment content de te revoir, dit Joan d'une voix douce.

Azami ne sent plus son cœur. Il s'est arrêté de battre, ou il bat trop vite pour qu'elle en perçoive les battements. Elle est morte de peur et si vivante à la fois. Elle voulait connaître cet instant, elle y est. Joan passe sa main autour de son épaule et l'entraîne dans les allées du parc.

– La dernière fois qu'on s'est vus, tu es partie un peu brusquement, lui rappelle-t-il avec un soupçon de complicité.

– E… excuse-moi, bafouille Azami. J'étais préoccupée.

– Préoccupée ? répète-t-il.

Elle ne sait plus quoi lui dire, alors elle lui raconte que son père va s'installer en France.

– Il me propose de vivre avec lui, explique-t-elle.

Joan s'arrête au pied des grands tilleuls. Il s'adosse au tronc et décoche un sourire rayonnant.

– C'est génial ! se réjouit-il. Si tu restes ici, plus rien ne nous sépare.

Azami en est certaine : son cœur vient d'exploser. Joan passe alors ses bras autour de sa taille, l'attire vers lui et pose sa bouche sur la sienne ! Une décharge électrique traverse le corps d'Azami… mais c'est incroyablement agréable. Un long frisson, interminable, ce plaisir glacé qu'on apprécie en pleine chaleur. Elle se sent bouillante et fraîche à la fois. Sous la chemise de Joan, ses mains devinent le torse du garçon. Il la serre un peu plus, leurs corps se collent l'un à l'autre et, entre leurs lèvres entrouvertes, leurs langues se rencontrent tendrement.

« Mon premier vrai baiser », songe Azami avec bonheur.

Elle s'écarte un instant de Joan pour reprendre son souffle. Les joues du garçon sont rouges mais il sourit toujours. Azami jette un rapide coup d'œil pour vérifier que personne ne les observe.

– Ne t'inquiète pas, la rassure Joan. Ici, il y a beaucoup de gens qui s'embrassent. C'est le jardin des amoureux.

Azami remarque en effet d'autres couples, jeunes et moins jeunes, qui s'enlacent sur les bancs ou sous les grands arbres.

– Tu es déjà venu ici avec Myo ? demande-t-elle un peu brusquement.

– Avec Myo ? s'étonne Joan. Quelle drôle d'idée !

– Elle est amoureuse de toi. Tu n'étais pas au courant ?

– N… non. Mais de toute façon, ce n'est pas réciproque. C'est juste une copine.

– Vraiment ?

– Je te le jure. Il n'y a que toi qui m'intéresses.

Il veut attirer à nouveau Azami contre lui, mais elle se dégage d'un habile mouvement de hanche.

– Excuse-moi, dit-elle, je dois rentrer. Mon père m'attend.

– Déjà ?

– À bientôt, Joan.

Et elle s'en va en courant, sans se retourner.

28

À vingt-deux heures trente, épuisé mais heureux, Okihiro franchit enfin la porte de l'appartement de Floriane. Il enlace sa future femme et l'embrasse tendrement. Une nouvelle vie commence.

– Où est Azami ? demande-t-il.

– Dans le salon. Elle t'attend, lui indique Floriane.

Par téléphone, elle a déjà expliqué à Okihiro sa conversation avec Azami.

– J'espère que tu ne m'en veux pas de lui avoir dévoilé nos projets ? s'inquiète-t-elle.

– Tu as bien fait, mon amour. Tout va très bien se passer.

Okihiro l'embrasse une nouvelle fois et lui propose de l'accompagner dans le salon.

– Je préfère vous laisser entre vous. Quand ce sera réglé, appelle-moi.

– D'accord. Et nous ouvrirons une bouteille de champagne pour fêter ça.

Okihiro n'avait pas ressenti un tel sentiment de bonheur depuis bien longtemps. Azami est assise au bout du canapé et elle relève la tête quand il entre dans la pièce.

– Bonsoir, papa.

Il s'apprête à prendre la parole mais Azami l'arrête d'un geste de la main.

– Je sais que tu attends de connaître ma décision, reprend-elle. Mais, avant tout, je tiens à te remercier de me laisser le choix de rester en France ou de retourner au Japon.

– J'ai confiance en toi et en ton jugement.

Azami baisse la tête. Un long silence emplit la pièce.

– C'est un choix très difficile, poursuit Okihiro. J'en ai conscience. Mais la France est un pays formidable. Nous pourrons passer davantage de temps ensemble et…

– Et Obâsan ?

– Tu iras voir ta grand-mère pendant les vacances. Comme tu l'as fait avec moi jusqu'à présent.

Nouveau silence. Okihiro a peur de comprendre.

– Obâsan m'a élevée, reprend Azami. Elle a toujours été là pour s'occuper de moi. Si je la laissais aujourd'hui, je me montrerais bien ingrate et je manquerais à mon devoir.

– Azami, soupire Okihiro, tu raisonnes comme une Japonaise.

– Mais je suis japonaise, papa.

Okihiro s'assoit à côté de sa fille. Tout le poids de cette longue journée semble soudain peser sur ses épaules.

– Ce n'est pas une raison pour te sentir responsable de ta grand-mère, tente-t-il.

– Pour moi, vivre avec Obâsan est une joie. J'aime notre vie, notre maison, nos croyances. J'aime le mont Kaïdo, notre village, mon collège, mes amis. J'apprécie aussi de venir en

France, rencontrer d'autres personnes, visiter Paris, mais ici, je découvre que mon pays me manque. Nayoko me manque. Mes professeurs me manquent.

– La vie au Japon est si exigeante, objecte Okihiro. En France, tu auras plus de temps libre pendant ta scolarité et plus tard aussi quand tu travailleras.

– Je le sais, papa. Les études sont difficiles au Japon et mes professeurs réclament que nous donnions chaque jour le meilleur de nous-mêmes. Mais j'y suis habituée. Et je ne suis pas convaincue que les élèves français de mon âge sont plus heureux. Leur vie est différente. C'est tout.

Dernier silence. C'est Okihiro qui le brise.

– Alors, tu veux retourner au Japon ?

– Nous nous verrons pendant les vacances, si tu acceptes de me recevoir.

Okihiro se lève, droit comme un « i » devant sa fille :

– C'est difficile… très dur… mais c'est

d'accord, lâche-t-il avec la détermination d'un samouraï. J'accepte ta décision.

Azami se lève à son tour et s'incline devant son père.

– Merci, papa. Merci de tout mon cœur. J'espère que je ne te déçois pas trop et que tu n'as pas honte de moi.

Okihiro prend alors sa fille dans ses bras et la serre contre lui.

– Tu es une vraie Japonaise, dit-il entre rire et larmes. Je t'aime, ma chérie.

Extrait du journal de Myo • 13 avril

Qu'est-ce que cette fille a de plus que moi ? À la maison, tout le monde la trouve géniale. Il faut voir comment mes parents sont gentils avec elle. Toujours à la complimenter. Moi aussi je peux jouer la petite fille modèle, être polie et faire de beaux sourires. Seulement, il faudrait encore qu'on soit sympa avec moi. Au lieu de ça, on me trahit, on se débarrasse de moi, personne ne se préoccupe de ce que je ressens vraiment.

J'ai beau soigner mon look, me maquiller... j'ai l'impression que personne ne me voit.

Même Joan a changé. À présent, il ne pense plus qu'à Azami. S'il m'envoie un SMS, c'est pour obtenir le numéro de téléphone de cette sorcière.

Moi, je l'ai cru quand il m'a murmuré à l'oreille qu'il m'aimait.

Enfin quelqu'un qui disait m'aimer.

Objet : Retour Azami
De : okihirodoi@yahoo.co.jp
Date : 16 avril 23:37
À : obasan@yahoo.co.jp

Très chère mère,

Vous devez me trouver bien orgueilleux d'avoir pensé qu'Azami choisirait de rester avec moi, en France. En effet, je l'ai été. Mon amour pour ma fille m'a fait oublier que ce projet de m'installer à Paris, avec Floriane, était le mien, et non le sien. Je l'ai décidé seul et j'ai mis Azami devant le fait accompli.

Je voulais enfin lui offrir cette place dont elle a dû se passer durant quatorze ans, mais comment aurait-elle pu l'accepter ? Elle ne m'a pas attendu pour grandir.

Et à vous je dois aussi des excuses, très chère mère. Durant toutes ces années, vous avez assuré à Azami un toit, une éducation et, surtout, donné beaucoup d'amour, et j'allais vous retirer ce bonheur pour satisfaire mes désirs. En haut de votre montagne, vous avez fait d'elle une vraie Japonaise dont je suis fier.

Hélas, le Japon ne m'apporte pas autant d'agréments qu'à vous. J'aime mon pays, mais ses exigences m'empêchent de vivre heureux. Mon travail m'a pris Azami et la modernité japonaise ne m'offre pas le bien-être que je recherche. Aussi, je ne regrette pas mon choix d'épouser Floriane et d'habiter en France, même si aujourd'hui je suis triste de m'éloigner à nouveau de vous, Obâsan, et de ma fille bien-aimée.

Azami pourra venir en vacances à Paris. Ainsi, elle continuera de s'ouvrir à un autre monde, à une autre culture. Et peut-être un jour accepterez-vous de l'accompagner ?

Je l'espère sincèrement, très chère mère.

Votre fils, Okihiro.

PS : Comme prévu, Azami reprend l'avion après-demain.

29

Le SMS de Joan est arrivé ce midi.

« Allons faire un tour dans la grande roue. Je t'attends à 15 h à la station de métro Concorde. Regarde sur un plan. C'est direct à partir de chez toi. »

Azami est seule dans l'appartement. Floriane et son père sont partis travailler. Après maintes hésitations, elle se décide enfin et tape un message sur son portable :

« D'accord. Je serai au rendez-vous. »

Elle veut retrouver Joan pour lui annoncer qu'elle rentre au Japon. Elle préfère le lui dire en face. Mais elle a aussi une autre idée en tête. Sous son matelas, elle saisit le journal intime de Myo qu'elle a dérobé dans sa salle de bains.

« Si Joan découvre à quel point Myo est

amoureuse de lui, songe-t-elle, il n'y sera pas insensible. »

Azami lui fera lire les trois extraits du journal de Myo qui l'ont le plus touchée. Ensuite, elle est sûre que tout rentrera dans l'ordre.

Elle devra également avouer au jeune garçon qu'elle n'éprouve pas de réels sentiments pour lui. Elle a sans doute été flattée qu'il s'intéresse à elle. Elle avait aussi très envie d'échanger enfin son premier baiser. Mais l'amour, ce n'est pas ça. L'amour, c'est ce que ressent Myo pour Joan. L'amour, c'est son père avec Floriane.

Azami doit le dire à Joan. Et peut-être que Myo lui pardonnera.

Elle range le cahier dans son sac et sort de l'appartement.

Elle se dépêche de rejoindre la bouche de métro la plus proche et s'y engouffre. C'est seulement en bas des marches qu'elle réalise ignorer la direction à prendre.

Il n'y a pas beaucoup de monde à cette heure. Heureusement, un homme se tient à l'entrée du tunnel. Il a peut-être vingt-cinq ou trente ans et semble attendre quelqu'un.

« Quelle chance, pense Azami. Il aura sûrement le temps de me renseigner. »

– Monsieur ? S'il vous plaît…

Quand l'homme se retourne, Azami remarque aussitôt son regard étrange. Ses yeux rougis et ses pupilles dilatées laissent penser qu'il n'a pas toute sa raison.

– T'en veux ? chuchote-t-il. T'en veux combien ?

– Euh… un seul… J'ai seulement besoin d'un renseignement.

– Tu veux essayer ? C'est ça ?

– Désolée… Je vais me débrouiller autrement, répond Azami, sentant que son interlocuteur n'est pas dans son état normal. Merci quand même.

Au moment où elle s'apprête à s'éloigner, l'homme la retient par le bras.

– T'habites dans le quartier ? demande-t-il.

– Oui. Juste à côté.

– Il y a du monde chez toi ?

– Non. Mon père travaille et…

Azami se mord la lèvre inférieure. Elle vient de comprendre que son manque de méfiance pourrait lui attirer de graves ennuis.

– On va aller chez toi, reprend l'homme en lui serrant davantage le bras. Je te filerai un peu de came et toi tu me laisseras fouiller l'appartement de tes parents.

– Vous me faites mal ! proteste Azami.

– Si tu cries, je te ferai encore plus mal, affirme-t-il avec un air menaçant. Et maintenant, conduis-moi gentiment chez toi.

Azami tremble de peur. Tout va trop vite. Les passants s'engouffrent dans le métro sans la regarder. Elle gravit les marches avec son agresseur. Floriane et son père ne rentreront pas avant dix-neuf heures. Que va-t-il lui arriver d'ici là ? Que veut vraiment cet homme ? Elle n'y comprend rien. Elle sait seulement qu'elle est en danger.

Une voix résonne alors dans son dos :

– Hé ! Azami !

L'homme se retourne en même temps qu'elle. Myo vient de sortir du métro. Elle remonte les marches vers eux d'un pas décidé.

– Qui c'est ce type ? lance-t-elle avec son assurance habituelle. Il t'embête, Azami ?

Le visage angoissé d'Azami suffit à répondre à la question.

– Lâchez-la ou vous allez avoir des ennuis ! menace Myo en haussant le ton. Vous avez deux secondes pour déguerpir avant que je hurle pour appeler à l'aide.

L'homme panique. Myo sort son portable et compose un numéro d'urgence.

– On se reverra, promet-il.

Mais il libère Azami et s'enfuit en courant.

– Je vais donner votre signalement à la police, lui crie Myo, alors ne revenez pas dans le quartier !

Azami se jette dans ses bras.

– Eh ben ? s'étonne Myo. Tu ne fais plus de karaté ?

– Non, sanglote Azami. Sans toi, j'étais perdue. Tu es vraiment mon ange gardien !

30

– Mais qu'est-ce que tu faisais ici ? demande Azami.

– Je venais te voir, explique Myo. J'ai découvert quelque chose de très désagréable qui nous concerne toutes les deux.

Elle marque un temps d'arrêt, visiblement contrariée par ce qu'elle a appris, mais conserve son calme et pose sa main sur le bras d'Azami.

– Tu allais retrouver Joan, n'est-ce pas ? reprend-elle.

– C… comment le sais-tu ?

– Ce n'est un secret pour personne : il envoie des messages à tous ses copains pour se vanter d'être sorti avec toi. Tout le monde est au courant pour votre rendez-vous de cet après-midi.

– Tu es sérieuse ?

– J'ai beaucoup de défauts, admet Myo, mais

j'ai aussi quelques qualités. Et ce n'est pas un sujet sur lequel j'ai envie de plaisanter.

Dans le métro qui les conduit à la Concorde, Azami s'affaisse contre le dossier de son siège.

– Pourquoi agit-il ainsi ? demande-t-elle d'une voix blanche.

– C'est un frimeur. Tout ce qui l'intéresse, c'est d'embrasser des filles pour se vanter ensuite auprès de ses potes.

Azami plonge ses yeux dans ceux de Myo. Elle est convaincue de sa franchise.

– Il a tenté de t'embrasser, toi aussi, devine-t-elle.

– Oui. Mais j'ai refusé et il m'a immédiatement laissé tomber. Sur le coup, je n'ai pas compris pourquoi. Il ne partageait pas les sentiments que j'éprouvais pour lui. Il a seulement essayé de me le faire croire.

Le métro s'arrête. Myo se lève d'un bond. Elle attrape Azami par la main pour qu'elles quittent d'urgence le wagon.

– Ouf ! On a failli rater la station, dit-elle,

une fois sur le quai. Je t'accompagne à la sortie et après, je rentre. Ne t'inquiète pas, tu seras à l'heure à ton rendez-vous.

– Mais tu m'as dit que Joan…

– C'était uniquement pour te prévenir d'être prudente avec lui. C'est à toi seule de décider ce que tu dois faire.

Myo continue d'entraîner Azami sur le quai.

– Attends, la retient cette dernière. Je dois aussi t'avouer des choses.

– Vraiment ? s'étonne Myo, visiblement touchée par cette marque de confiance.

– Tout d'abord, reprend Azami, je retourne au Japon demain. Mon père reste vivre en France avec Floriane et je reviendrai à Paris de temps en temps.

Myo affiche un air qui pourrait laisser penser que cette nouvelle ne la réjouit pas.

– Ensuite, continue Azami, je t'ai volé ça.

Elle sort le journal intime de son sac. Myo retrouve son regard noir.

31

– Comment as-tu pu faire ça ? s'exclame Myo. C'est personnel !

Azami sent les larmes remplir ses yeux.

– J'ai honte et je te supplie de me pardonner, dit-elle. J'étais très en colère contre toi mais ce n'est pas une excuse. Mon comportement est indigne.

Myo commence à bien connaître la jeune Japonaise et elle sait qu'elle est sincèrement désolée. Elle conserve son calme, bien décidée à ne pas laisser son caractère orageux prendre le dessus.

Mais si elle n'a pas envie de se fâcher, elle demeure tout de même ennuyée.

– Le problème, c'est que j'ai accusé ma petite sœur de m'avoir pris ce journal.

– Oh non ! se désespère Azami.

Myo ne peut s'empêcher de la rassurer :

– Ne t'inquiète pas, je lui expliquerai. Elle comprendra.

Le long du quai qui se vide et se remplit, Myo et Azami marchent côte à côte, comme deux amies. Au milieu de la foule et du bruit, elles se sourient.

– Pour être franche, dit Azami en baissant la tête, je ne suis pas totalement mécontente de m'être mal conduite. En lisant ton journal intime, j'ai compris beaucoup de choses sur toi et j'ai l'impression de mieux te connaître.

– Je n'aurais jamais pensé dire cela, mais je dois le reconnaître : je suis également heureuse que tu l'aies volé. Ce n'est pas toujours facile d'exprimer ce que l'on ressent.

Les deux filles échangent un regard complice.

– Aujourd'hui, reprend Azami, je voulais rompre avec Joan et lui donner la preuve, grâce au journal, que tes sentiments pour lui étaient sincères. Mais je n'avais pas le droit d'agir à ta place et j'espère que tu me pardonneras pour cela.

– Je n'ai pas été très sympa avec toi non plus, regrette Myo.

– T... tu crois qu'on pourrait tout oublier et repartir à zéro ?

– J'en ai très envie, dit Myo en souriant.

– Et si on allait toutes les deux faire un tour dans la grande roue, histoire de donner une bonne leçon à Joan ?

– J'adorerais ça !

– *Arigato.*

– Quoi ?

– « Arigato », ça veut dire merci en japonais, explique Azami.

– Alors, arigato aussi ! répète Myo en adressant un clin d'œil à Azami.

Les deux nouvelles amies se prennent la main et rejoignent la sortie en courant.

Dehors, elles retrouvent le ciel bleu de Paris ensoleillé... et également Joan qui attend Azami. En la voyant arriver en compagnie de Myo, son sourire se transforme en grimace.

– Allez, dépêche-toi d'envoyer des SMS à

tous tes copains pour qu'ils sachent que tu t'es mangé un gros râteau, lui lance Myo en passant à côté de lui.

– Et ne m'adresse plus jamais la parole ! ajoute Azami. Ton comportement est indigne d'un garçon honnête !

– Ouais ! Pauvre nase ! résume Myo.

Joan en reste sans voix.

Les bras ballants, il regarde les filles rire aux éclats et s'éloigner vers la grande roue.

Objet : Si la fin est bonne alors tout est bon
De : obasan@yahoo.co.jp
Date : 18 avril 08:27
À : azami@yahoo.co.jp

Azami,

Rassure-toi, ton ordinateur fonctionne très bien (j'ai enfin trouvé les offrandes qu'il affectionne).

Je suis très heureuse d'apprendre ton retour.

Tu as su prendre une décision difficile en faisant preuve de beaucoup de courage.

Ton père m'a invitée à venir à son mariage. J'envisage d'y réfléchir et je vais me renseigner pour découvrir quels dieux les pilotes d'avion prient pour faire décoller leurs appareils. Je pourrai ainsi me mettre en contact avec ces kamis et implorer leur clémence afin qu'ils nous assurent un vol sans encombre.

Mais, pour l'instant, j'ai surtout hâte de te revoir. Ton absence me pèse et ton amie Nayoko m'a tout simplement laissé tomber ! Elle ne vient même plus me demander de tes nouvelles. Je l'ai toujours trouvée trop bruyante, mais ce long silence ne la fait pas remonter dans mon estime !

J'espère que tu la sermonneras de ma part en rentrant.

Je t'attends demain.

Obâsan

PS : J'ai autorisé Betobeto-san à réapparaître. Il te tiendra compagnie durant ton voyage.

32

Azami embrasse son père une dernière fois.

– On se revoit cet été, dit-il. Nous organiserons une grande fête pour notre mariage.

– Je vais tout faire pour convaincre grand-mère de m'accompagner, promet Azami.

– J'aimerais beaucoup que tu réussisses, avoue Okihiro.

– Je ferai mon possible, papa. Tu peux compter sur moi.

Floriane s'approche à son tour :

– Tu vas nous manquer, Azami, murmure-t-elle d'une voix timide.

Elle tente de retenir ses larmes mais, n'y parvenant pas, elle tourne la tête pour les dissimuler. Azami lui prend la main et se blottit dans le creux de son épaule.

– Aux prochaines vacances, on s'offrira encore quelques journées ensemble ? lui demande-t-elle.

– Je ne te lâcherai pas d'une semelle ! affirme Floriane en serrant sa belle-fille dans ses bras. Je serai un vrai pot de colle.

À ces mots, Azami ne peut s'empêcher de sourire.

– Je suis sûre que papa sera super heureux avec toi, lui glisse-t-elle.

« Les passagers du vol AF 563 pour Tokyo sont priés de se présenter en salle d'embarquement. »

Le message résonne dans le grand hall numéro 2 de l'aéroport Charles-de-Gaulle.

– Cette fois, je dois y aller, dit Azami en se tournant vers Myo.

Celle-ci a tenu à être présente pour son départ. Pour les larmes, elle bat tout le monde.

– P… pour une fois que je trouve u… une vraie amie, sanglote-t-elle, il faut q… qu'elle habite au Japon !

– Dans trois mois, je reviens en France, lui rappelle Azami. Et puis, toi aussi tu pourras me rendre visite. Tu n'aimerais pas découvrir le pays où est né ton père ?

– S… si… répond Myo en reniflant. Il y a des boutiques de fringues au Japon ?

– Je t'emmènerai à Tokyo. Tu auras l'embarras du choix.

Les deux amies s'étreignent longuement. Juste avant de se séparer, Myo retient Azami et lui tend maladroitement un petit paquet.

– Tiens. C'est pour toi. Tu l'ouvriras dans l'avion.

Cette fois, c'est Azami qui sent l'émotion la submerger. Un cadeau de Myo, c'est un peu comme si une panthère vous léchait la main !

– M… merci, bafouille Azami.

« Dernier appel pour les passagers du vol AF 563 pour Tokyo… »

Azami se dépêche de rejoindre les agents de sécurité. Elle présente sa carte d'embarquement et son passeport, puis elle pose sa veste et son sac dans un bac en plastique avant de passer sous les portiques de sécurité.

Aucune sonnerie. Elle récupère ses affaires. Dernier regard vers son père, Floriane et Myo derrière les baies vitrées. Derniers signes de main et Azami, pressée par une hôtesse, gagne la salle d'embarquement en courant.

Dix minutes plus tard, elle est assise à la place 37 G d'un Boeing 747. Elle sent alors son poignet qui la démange et sa paume remonte malgré elle vers son oreille ! Elle la recouvre complètement et une petite voix lui murmure :

– C'est moi ! Obâsan craignait que tu t'ennuies, alors je me suis glissé dans le creux de ta main. Ainsi, nous allons pouvoir discuter pendant tout le trajet.

– Betobeto-san ! s'exclame Azami.

– Chut ! Moins fort. Tout le monde te regarde.

Le voisin d'Azami lui lance en effet un regard curieux et inquiet. Elle lui retourne un sourire gêné, censé le convaincre qu'elle n'est pas folle.

– Beto, murmure-t-elle en tordant la bouche, je ne vais pas rester avec la main collée sur mon oreille pendant onze heures !

– Pose ton coude sur l'accoudoir ça fera plus naturel. Et si tu ne veux pas parler, ce n'est pas grave. Contente-toi de m'écouter. Maintenant, je vais pouvoir te donner mon avis sur toute cette histoire.

– Beto…

– Tu sais, je suis très heureux que tu aies décidé de rentrer au pays. On est pareils tous les deux. On ne peut pas se passer du mont Kaïdo et de nos belles forêts.

– Beto…

– Au fait, je ne t'ai jamais raconté mon enfance ? C'est bien ce que je pensais. On croit souvent que les yôkaïs n'ont pas d'enfance, mais c'est faux. Il y a très longtemps…

33

Après onze heures d'avion et quatre heures de train, Azami arrive enfin à la gare de Khizana. Enveloppée dans son *haori* en laine, ses mains jointes cachées dans les manches de sa veste, Obâsan l'attend sur le quai.

Azami descend du train et rejoint sa grand-mère en tirant sa valise à roulettes. Betobeto-san vient de se taire et de lui rendre l'usage de ses deux mains !

– Grand-mère ! Comme je suis heureuse de te revoir !

– Moi aussi, assure Obâsan. Le voyage a été bon ?

– Épuisant ! Mais toi, comment vas-tu ? Qu'as-tu fait durant ces dix jours ?

– Oh, pas grand-chose, affirme Obâsan.

J'ai soigné le vieux Yi-xong, il avait très mal au ventre.

– Monsieur Yi-xong ? Celui qui se promène toujours avec un beignet à la main ?

– Oui, il est trop gourmand. Je l'ai mis à la diète et il va mieux à présent.

– Tu trouves toujours le bon remède. Que feraient les gens sans toi ?

– Ce n'est pas tout, le fils de la blanchisseuse s'est brûlé avec un fer. Il a fallu que je me déplace plusieurs fois pour le soulager. J'aurais bien eu besoin de toi pour m'aider.

– À présent, je suis là, grand-mère. On ne se quitte plus.

– J'aimerais autant, dit Obâsan en posant sa vieille main ridée sur la joue d'Azami.

Elle sourit à sa petite-fille et son visage se plisse joyeusement.

– J'ai hâte de retrouver notre maison, avoue Azami en lui rendant son sourire. Et aussi que tu me débarrasses de Betobeto-san. Il m'a cassé les oreilles durant tout le voyage. Je n'en peux plus !

– Chaque chose en son temps, rappelle Obâsan. Il faut procéder dans l'ordre. Toujours dans l'ordre, ma fille.

« Le cadeau ! songe Azami. J'ai oublié son cadeau ! »

Elle sait pourtant que la tradition veut qu'elle offre un petit souvenir de son voyage à sa grand-mère. À compter d'aujourd'hui, les gens ne manqueront pas de demander à Obâsan ce que sa petite-fille lui a rapporté de son séjour en France. Ce sera un véritable déshonneur de ne pas pouvoir répondre à cette question !

« Comment ai-je pu oublier ? se reproche intérieurement Azami. En plus, Obâsan sera en colère contre moi et elle refusera de m'enlever ce bracelet ! »

Obâsan fixe sa petite-fille en silence. Azami se souvient alors de la surprise de Myo. Betobeto-san l'a tellement fatiguée pendant le voyage qu'elle n'a pas pensé à l'ouvrir. Il reste à espérer qu'il contienne un présent qui conviendra à sa grand-mère.

– Je t'ai rapporté un cadeau de Paris, annonce Azami.

– Oooooh ! fait sa grand-mère de sa voix grave. Quelle surprise ! Il ne fallait pas !

Azami fouille dans son sac et dépose le petit paquet joliment entouré d'un ruban. Obâsan l'inspecte sous tous les angles.

– Il est fragile ? s'inquiète-t-elle.

– Euh… pas trop.

Elle retire le ruban et décolle délicatement le papier-cadeau sans le déchirer. Puis elle ouvre la boîte et en sort une chaîne en argent et un pendentif scintillant. Il représente deux cœurs mêlés. À l'arrière, une phrase a été gravée.

– Qu'est-ce qui est écrit ? demande Obâsan.

« À ma meilleure amie », lit en silence Azami.

– « À ma mamie », dit-elle. Je l'ai fait graver en français. C'est plus typique.

– C'est un magnifique cadeau, se réjouit sa grand-mère en le passant à son cou. Il fera beaucoup d'envieuses !

– C'est certain, lâche Azami avec un soupçon de regret dans la voix.

– Et maintenant, rentrons chez nous, déclare joyeusement Obâsan.

Elle prend le bras de sa petite-fille et, ensemble, elles traversent la voie avant de quitter la gare.

– Mais… Nayoko ne t'a pas accompagnée ? s'étonne Azami.

Sa grand-mère hausse les épaules et lève les yeux au ciel :

– Oh ! Celle-là, je ne l'ai toujours pas revue !

34

L'ascension du mont Kaïdo avec une valise à roulettes n'est pas simple. Pourtant, malgré le poids de son bagage, Azami se sent légère. Elle a parfois l'impression de flotter au-dessus du chemin. L'odeur des pins caresse ses narines, les vieilles pierres couvertes de mousse humide semblent l'accompagner du regard. Azami retrouve avec bonheur ce lieu à la fois étrange et paisible. Elle savoure la protection des cèdres géants qui veillent depuis toujours sur la montagne et ceux qui y vivent.

Le soleil descend doucement dans la vallée. Dans quelques heures, il se jettera dans la mer, à l'horizon.

Pour l'instant, les nuages glissent dans le ciel, portés par un vent chaud qui remonte de l'océan. Et la maison est bientôt en vue. Dès qu'elle apparaît, Azami perçoit un tintement à la hauteur de son poignet. Son bracelet vient de s'ouvrir.

– Betobeto-san est à nouveau libre, annonce Obâsan avec malice.

Azami remet le bijou à sa grand-mère et lui confie que cet ange gardien n'a pas été inutile. Elle s'apprête à lui en dire plus quand elle aperçoit une silhouette sur l'engawa de la maison. Azami reconnaît aussitôt Nayoko. Elle est assise sur la terrasse en bois. Elle l'attend... immobile comme une statue de pierre ! Normalement, son amie devrait crier, hurler, bondir, gesticuler, mais aujourd'hui, elle demeure figée, tête basse.

Azami se précipite vers elle.

– Nayoko ! Que se passe-t-il ? Pourquoi n'es-tu pas venue à la gare ?

Nayoko ne relève pas la tête, elle se contente de murmurer :

– Je ne suis pas digne d'être ton amie.

– Hein ? Mais qu'est-ce que tu racontes ? Tu es ma meilleure amie !

– J… je t'ai trahie, bafouille Nayoko. J… je suis un… un monstre.

– Je me doutais qu'elle avait quelque chose à se reprocher, celle-là, intervient Obâsan en rejoignant les deux filles. Alors ? Qu'as-tu fait de si horrible ?

– J… je ne peux pas le dire.

– Si tu gardes ça pour toi, ce sera pire, affirme Obâsan. Et puis, si tu es ici, c'est que tu as l'intention d'avouer ta faute.

– Oui… mais… commence à sangloter Nayoko. Après, Azami va me détesteeer !

– Bien sûr que non, la rassure cette dernière. Tu seras toujours mon amie.

– C'est vrai ?

– Je te le jure.

– Je suis sortie avec Kino.

– Quoi ? Répète ça ! s'emporte aussitôt Azami en se redressant d'un bond.

– Ooooooh ! s'exclame Obâsan.

– Comment as-tu pu te conduire ainsi ? s'énerve Azami.

– Je suis allée lui annoncer que tu ne pourrais pas le voir pendant les vacances, explique Nayoko. Il était tellement triste que j'ai voulu le consoler. Je me suis approchée de lui, j'ai posé ma main sur son épaule… et on s'est embrassés.

– Ah ! Espèce de traître ! enrage Azami.

– Hu ! Hu ! Hu ! pouffe discrètement sa grand-mère.

– Grand-mère ! Comment peux-tu rire de mes malheurs ?

Obâsan lui rappelle alors que cette histoire ressemble étrangement à une autre que lui a racontée Betobeto-san. Le garçon était français et la jeune fille japonaise.

– Ç… ça n'a rien à voir, proteste Azami. Enfin… c'est quand même un peu différent.

– C'est quoi, cette histoire ? s'intéresse soudain Nayoko.

– Aucune importance, reprend Obâsan. Ce que vous devez savoir toutes les deux, c'est qu'il y a dans ce monde des personnes qui sont faites pour s'aimer. Un fil les relie l'une à l'autre. Peu importe qu'elles embrassent d'autres gens et même qu'elles se marient avec ; un jour ou l'autre, ces deux êtres finiront par se rencontrer et, ce jour-là, ils s'aimeront pour toujours. Il leur faudra peut-être plusieurs vies pour se croiser, mais elles y parviendront. Le destin est ainsi fait. Chacun possède son fil.

Après un moment de silence, Azami chuchote :

– Si je comprends bien, Kino n'était pas relié à moi. Sinon, il n'aurait pas embrassé Nayoko.

– Et puisque tu le connaissais déjà, ajoute Obâsan, tu n'aurais pas été sensible au charme de ce jeune homme français !

Azami pousse un long soupire et tente de réconforter Nayoko.

– Pardonne-moi d'avoir mal réagi, s'excuse-t-elle. Grâce à toi, j'ai évité de fréquenter un garçon qui ne m'était pas destiné.

– Alors tu ne m'en veux pas ?

Azami hoche la tête et sourit à son amie.

– Voilà qui est mieux, se réjouit Obâsan. Tout le monde dans la maison. Je vais préparer du thé pour fêter votre réconciliation et le retour d'Azami.

Les deux filles la suivent, main dans la main. Juste avant d'entrer, Nayoko se penche à l'oreille d'Azami et lui demande :

– Alors je pourrai encore embrasser Kino ?... Parce que c'était drôlement agréable !

– Autant que tu le veux, lui répond Azami en riant.

– Chouette ! s'exclame Nayoko. Et maintenant que tu n'es plus fâchée, tu vas pouvoir m'offrir ce cadeau que tu m'avais promis.

– T... ton cadeau ? bafouille Azami. J'ai eu un petit problème, mais je t'expliquerai plus tard. Et puis je viens de t'offrir Kino ! Ça ne te suffit pas ?

Nayoko apprécie moyennement la plaisanterie, contrairement à Azami qui éclate de rire !

Mais une fois franchi le seuil de la maison elle redevient immédiatement sérieuse.

– Mon ordinateur ! s'écrie-t-elle.

Son portable, entouré de bougies à moitié fondues, a presque entièrement disparu sous les offrandes ! Des fleurs, des galettes de riz, des biscuits, des champignons secs… ce n'est plus un ordinateur, c'est une épicerie.

– Tu vois, je m'en suis bien occupée, signale fièrement Obâsan.

– Je t'avais demandé d'arrêter les offrandes, se désespère Azami.

Elle se dépêche de dégager son portable, puis Nayoko souffle sur le clavier pour en chasser les miettes.

– Ouf ! Il a l'air de fonctionner, se réjouit Azami après l'avoir allumé.

Elle ouvre sa messagerie.

« 1 nouveau message »

Elle clique sur la petite enveloppe et un message apparaît. Azami le traduit en japonais pour le partager avec Nayoko :

« Salut Azami. J'espère que tu es bien arrivée chez toi. J'ai déjà hâte de te revoir. Vivement cet été ! Ne t'inquiète pas pour Charline. Je me suis excusée de l'avoir accusée du vol de mon journal intime. Quand je lui ai dit que c'était toi qui me l'avais "emprunté" et que je ne t'en voulais pas, elle n'en revenait pas. Après, j'ai joué un peu avec elle parce qu'elle était super triste que tu sois partie. C'était plutôt marrant. Mais j'ai dû arrêter car j'ai reçu un message d'Arthur, tu sais, le copain de Joan. Il est très différent de ce ringard. Il m'a donné rendez-vous demain. Je crois que je vais y aller.

Réponds-moi vite !

Bise

Ton amie Myo »

– J'ai l'impression que tu as des tas de choses à me raconter, chuchote Nayoko.

Azami lui adresse un clin d'œil :

– Beaucoup plus que tu ne l'imagines, confirme-t-elle.

Et Azami commence le récit de son voyage à sa meilleure amie, pendant qu'Obâsan attise le feu sous la théière.

TABLE DES MATIÈRES

Marc Cantin et Isabel

Marc Cantin et Isabel écrivent ensemble depuis plusieurs années. Mais, pour réaliser ce roman, ils ont commencé par se rendre au Japon. Ils ont effectué des séjours dans différentes régions où ils ont eu la chance de faire quelques rencontres surprenantes. Des moments partagés avec de vieilles grands-mères des campagnes et de jeunes adolescents des villes ont donné naissance à cette histoire.

Les voyages sont une des grandes passions de Marc et Isabel. Ils vivent d'ailleurs une partie de l'année en Bretagne et une autre en Colombie… quand ils ne font pas un petit crochet dans un autre pays !

Des mêmes auteurs :

AUX ÉDITIONS NATHAN

Série « Opération Trio »
Série « Les Maléfices d'Halequin »

CHEZ D'AUTRES ÉDITEURS

Série « Messages », Éditions Rageot
Série « Merlin Zinzin », Éditions Flammarion
Série de BD « Ma mère et moi », avec Isabelle Maroger, Éditions Clair de Lune

Le blog de Marc et Isabel :
http://cantin.over-blog.com

Vous avez aimé

AZAMI

LE CŒUR EN DEUX.

Découvrez, dans la même collection…

Chère Madame ma grand-mère

ELISABETH BRAMI

Ill. de Carole Gourrat

à partir de 10 ans

« Je m'appelle Olivia et j'ai douze ans et demi.
Vous ne me connaissez pas, mais j'ai décidé de vous écrire quand même. J'ai trouvé votre nom en fouillant dans les papiers de ma mère. Je sais, ce n'est pas bien, mais est-ce que c'est bien de cacher la vérité aux enfants, de garder des secrets ? J'ai bien réfléchi : il faut absolument que je sache des choses sur mon père, et je crois que vous êtes la seule à pouvoir m'aider. »

Dany dit non !

Rachel Hausfater

Ill. de Frédéric Rébéna

à partir de 10 ans

Dans la vie, Dany dit toujours non. Non à ses cours, à ses profs, à ses camarades de classe. Non à l'école, tout simplement. Oui, mais voilà : par erreur, il se retrouve candidat aux élections des délégués de sa classe de 6e. Et il est élu ! Alors, puisque personne ne le laisse en paix, ça va être… la guerre.

Enzo, 11 ans, sixième 11

Joëlle Ecormier

Ill. de Rémi Courgeon

à partir de 10 ans

La liste des 11 dans ma vie est longue. Cette année, je suis en sixième 11 et j'ai 11 ans. Et nous sommes en 2011. Alors, il va forcément se passer un truc. Je me demande bien quoi, parce que, globalement, je trouve que je n'ai pas beaucoup de bol. Enfin, ça dépend, c'est arrivé parfois que le 11 me porte chance.

Lisa a disparu

Jo Hoestlandt
Ill. de Rémi Courgeon
à partir de 10 ans

Un soir, Lisa n'est pas rentrée de l'école. Mais où peut-elle bien être ? Qu'est-ce qui a bien pu lui passer par la tête, elle d'ordinaire si sage, si discrète ? Son père, sa mère, sa babysitter, son institutrice, son amie… tout le monde s'interroge ! Et tous racontent, chacun à leur manière, la vie de la petite Lisa, reconstituant le puzzle de sa mystérieuse disparition…

Journal d'Adeline
Un été avec Van Gogh

Marie Sellier
à partir de 11 ans

« J'ai eu un choc en voyant mon portrait. Il m'a barbouillé les joues de rouge et labouré les mains de traits verts. Je suis laide à faire peur. Si seulement j'avais le courage de lui dire que je n'aimais pas son tableau, il ne me l'aurait certainement pas offert. Pauvre monsieur Vincent, il travaille tellement. C'est cruel, mais je crois bien que c'est un peintre raté ! »

N° d'éditeur : 10197496 – Dépôt légal : octobre 2013
Imprimé en France par Jouve, Mayenne - N° 2114696P